UN SAUT DANS LA NUIT

La rencontre
Dirigée par Anne Bourguignon

La rencontre est une histoire qui nous appartient.

Olivier Schefer

UN SAUT DANS LA NUIT

arléa
16, rue de l'Odéon, 75006 Paris
www.arlea.fr

DU MÊME AUTEUR

Conversations silencieuses. L'art, la beauté et le chagrin, Arléa, « La rencontre », 2019

Une tache d'encre, Arléa, « La rencontre », 2017

Un seul souvenir. Voyage dans les Balkans, Arléa, « La rencontre », 2016

Les Eaux de la mort. Fantaisies aquatiques, Rouge Profond, 2016

Esthétique des ruines (avec M. Egaña), PUR, 2015

Mélanges romantiques. Hérésies, rêves et fragments, Le Félin, 2013

Figures de l'errance et de l'exil, Rouge Profond, 2013

Novalis, Le Félin, 2011

Variations nocturnes, Vrin, 2008

Résonances du romantisme, La Lettre volée, 2005

La Forme poétique du monde. Anthologie du romantisme allemand (avec C. Le Blanc, L. Margantin), José Corti, 2003

ISSN 2491-8261
EAN 9782363082565

Il y a un terrible gris de
poussière dans le temps.

Pierre Reverdy

Il pleuvait des trombes d'eau cette nuit-là et ce fut presque en courant, sans parapluie, que je rejoignis le taxi qui m'attendait sur la chaussée d'une avenue froide dont j'oubliais régulièrement le nom. C'était la seule voiture dont le moteur était en marche. Je fus frappé en sortant par l'éclat des réverbères sur les pavés mouillés.

Le chauffeur hocha la tête en me voyant. Je posai ma sacoche, mon ordinateur et m'installai sur le siège arrière. Il s'engagea dans de petites rues; il y avait très peu de circulation à cette heure tardive. J'aimais me laisser aller à mes pensées, profitant du calme de la ville endormie, des majestueuses et apaisantes silhouettes des platanes. Mais, comme les ribambelles de gouttes de pluie qui glissaient contre la vitre extérieure du véhicule, certains événements cheminent lentement, au ralenti, presque en tremblant.

J'avais reçu un e-mail dans la matinée, il tenait en deux lignes. Sans user de formules de politesse, son expéditeur demandait à me voir, il me tutoyait et signait de son seul prénom. Je restai tout d'abord interdit devant l'écran comme on peut l'être lorsqu'une nouvelle inattendue nous atteint brusquement. Ce prénom ne m'était pas inconnu. L'auteur de ces lignes, s'il s'agissait bien de lui, avait sans doute trouvé mon adresse en fouillant sur Internet. Il est vrai que dans notre monde il devenait de plus en plus difficile de disparaître ; au moindre pas on laissait une trace derrière soi. Lorsque je l'ai rencontré, il en allait différemment. C'était il y a si longtemps.

Pour en avoir le cœur net, presque par bravade, je lui posais la question : « Jean, est-ce bien toi ? » Ma signature électronique et mon patronyme étaient accolés aux messages. La réponse s'afficha aussitôt ; je l'imaginais derrière son clavier. « Oui. Salut François. Alors, on pourrait se revoir ? » Puis, avec ce même style télégraphique déroutant, comme si nous nous étions parlé la veille, il ajouta : « J'ai quelque chose pour toi. » Je ne répondis pas à ces mots intrigants.

Jean vivait à l'autre bout de la France, près de Toulouse. Je n'en appris pas plus, il ne me posa aucune question non plus. On convint d'un rendez-vous le mois suivant. Il proposa qu'on se revoie un lundi matin – pourquoi un lundi ? – à la brèche romaine de Saint-Béat. « Tu vois ? »

La brèche romaine… Cette évocation me laissa songeur. C'était la carrière de marbre violacé du village qui connut son heure de gloire sous Louis XIV. Les brochures touristiques racontaient que la carrière de Saint-Béat rivalisait avec celle de Carrare, en Italie. La légende locale prétendait que le village avait fourni les matériaux nécessaires à la construction de la colonne en marbre de Trajan à Rome. Ces rumeurs romanesques conféraient une qualité quasi mythique à ces lieux dont l'étrangeté finissait par apparaître pour peu qu'on s'y attardât. Je me demandais ce qu'était devenu le prospectus qui traînait chez ma grand-mère. Je revoyais la couverture, couleur miel, sur laquelle se détachait une fière clef en or, armoirie de Saint-Béat, surnommé « Clef de France ». J'ignorais pourquoi à l'époque.

En rentrant chez moi tard, je relus son message et me perdis en conjectures. À quand remontait la dernière fois où nous nous étions vus ? Ce devait être au début des années 1980, tout était si différent ; oui bien sûr, l'été 1983. Autant qu'il m'en souvienne, nous ne nous étions pas dit au revoir.

Incapable de trouver le sommeil, je fis défiler des images à l'écran, mélange de cartes postales datées et de clichés récents. Saint-Béat proposait depuis quelques années des résidences d'artistes. Il était question d'un festival annuel de sculptures en marbre.

J'achetai enfin, non sans mal, mes billets de train. Il fallait effectuer deux changements avant d'arriver à destination.

Dans le mois qui suivit, je ne reçus pas d'autre message de lui. Je ne cherchai pas non plus à reprendre contact, m'en tenant à notre unique échange, comme si je craignais de briser quelque chose de précieux et de fragile, le souvenir de cette ancienne amitié, dont la promesse venait de renaître.

Et malgré l'état d'incertitude où m'avait plongé ce curieux échange, je partis. Qui peut résister à la belle et douloureuse tentation de revoir les lieux de sa jeunesse ?

Le train régional me déposa vers neuf heures du soir à Marignac, un village de Haute-Garonne. Lorsqu'apparut le nom de la gare en lettres capitales blanches sur le panneau sombre, j'éprouvai un étrange soulagement qui mit fin aux émotions et inquiétudes qui s'étaient bousculées en moi à mesure que nous approchions.

J'avais emporté un vieil agenda de Granny, dont j'avais hérité à sa mort, et auquel je tenais particulièrement parce qu'elle y avait noté toutes sortes de rendez-vous. Ils étaient quelquefois signalés par des initiales, ce qui les rendait plus énigmatiques avec le temps. J'étais retombé sur le nom de Jacques Argelosse, écrit, lui, en rouge, à côté de l'adresse de notre maison familiale. Revoir son nom après tant d'années m'avait glacé. Sans vraiment y croire, je composai le numéro. L'indicatif avait naturellement changé, mais le numéro était actif. Le téléphone sonnait dans le vide, je tendais l'oreille pour entendre la voix qui surgirait du silence, comme un corps se détache du fond d'un corridor. Mu par quelque superstition, il me semblait que ce premier contact était décisif, que de lui dépendrait la réussite de mon entreprise, de ce retour incongru dans le passé. Je m'apprêtais à raccrocher lorsqu'une jeune femme me répondit d'une voix légèrement chantante, pleine d'entrain. De qui s'agissait-il ? Peut-être sa fille. Je la croisais souvent gamine sagement assise près de la caisse enregistreuse de ses parents. Cette voix inconnue, à qui je n'osais poser de questions, prit mon message ; j'entendais le crayon courir sur le papier. Jacques Argelosse tenait le magasin de journaux du village, où l'on trouvait aussi des bonbons, nos « bonbecs », et des boîtes d'asticots pour la pêche. Près de l'entrée, un panier avec les fameuses pochettes surprises pour garçons et filles, emballées dans des papiers bleus et roses. Telles des cornes d'abondance, on les imaginait regorgeant de trésors que je ne vis jamais car ma mère ne nous en achetait pas.

Parmi les gens qu'on croisait chaque été, il y avait le barman du pont, maigre, efflanqué, doté d'un accent slave intrigant dans cette commune du Sud-Ouest. De toute sa personne émanait quelque chose de vaguement menaçant, une allure de gangster, à mes yeux tout au moins. Monsieur Argelosse, moins remarquable en apparence, se fondait quasiment dans le décor, à l'égal du boulanger chez qui l'on achetait nos fougasses. Sa particularité résidait dans ce service privé de taxi qu'il avait mis en place pour arranger les uns et les autres, bien avant l'apparition d'applications sur téléphone portable. Il utilisait sa voiture pour tel ou tel vacancier de passage, faisant la navette entre Marignac et le village.

L'air du soir était doux, presque printanier lorsque je posai un pied sur les gravillons du quai, mon sac en bandoulière. Nous n'étions que deux à descendre du wagon. Une jeune femme accueillit le militaire rasé qui venait à sa rencontre. Ils s'embrassèrent passionnément, puis je les vis partir, enlacés, le long d'une allée de platanes. Des morceaux d'écorce racornis jonchaient le sol. Petit, j'adorais les faire craquer sous mes pas. L'automne était passé ; laissant un soleil brûlant loin derrière lui.

Sous le lampadaire de la gare, une voiture attendait, un break beige ; c'était lui. Je ne l'avais pas oublié. C'était bien lui qui m'avait raccompagné à la gare ce soir-là. Il esquissa un geste, hésita. J'avais sans doute beaucoup changé. Il m'avait connu enfant puis adolescent. Voyant que j'avançais dans sa direction, il agita la main et prononça mon prénom d'un ton interrogatif. Il me dévisagea et, comme si quelque chose lui revenait de très loin, il s'exclama que c'était bien moi, le grand jeune homme qu'il avait connu, ajoutant que je portais auparavant les cheveux longs. Il est vrai qu'il ne m'avait jamais vu autrement. C'était la mode, inspirée par certains joueurs de tennis, en particulier Björn Borg, célèbre pour la durée de ses échanges et ses balles de fond de court. Monsieur Argelosse avait des yeux clairs, entourés à présent de nombreuses rides en patte d'oie.

Sur la route, nous parlâmes à bâtons rompus, comme on peut le faire avec quelqu'un que nous connaissons de longue date, mais sans rien dire de précis. Il prit des nouvelles de ma famille et me demanda si je venais pour des vacances. Je ne répondis pas et le questionnai sur sa fille. Elle avait repris la boutique depuis qu'il était à la retraite. C'était donc bien elle que j'avais eue au téléphone. Il ajouta : « Je ne fais plus le chauffeur depuis longtemps. Sinon pour d'anciennes connaissances. » Puis la conversation retomba. J'en profitai pour scruter le paysage derrière la vitre. Les phares de sa voiture balayaient les bords de route d'où surgissaient des troncs d'arbre et des panneaux de signalisation, dispersés dans l'obscurité. C'était une de ces nuits impénétrables comme il s'en rencontre dans certaines campagnes, préservées de la pollution urbaine et de ses lueurs artificielles.

Je me rappelai ces longs trajets à travers la France au mois de juillet, parfois à Pâques. Nous partions à l'aube et arrivions très tard. Mes petites sœurs finissaient par s'assoupir à l'arrière, j'occupais le siège passager et luttais contre le sommeil. Un filet de voix sortait de la radio. Pour ne pas s'endormir au volant, ma mère parlait de choses et d'autres, elle me posait des questions sur l'école, sur ce que je lisais. Ces bribes de discussions nocturnes étaient des instants rares, tête-à-tête privilégiés, soustraits à la routine quotidienne et à notre organisation familiale. Je regardais ses mains élégantes et nerveuses posées sur le volant. Au printemps, elle réglait le chauffage, dont la température me semblait toujours trop élevée ; en été, nous ouvrions les fenêtres. Quand nous traversions un village inconnu, en pleine nuit, je guettais des silhouettes, m'efforçant de deviner une présence derrière les volets hermétiquement clos. Je savais que la bourgade prenait fin dès qu'apparaissaient des hangars métalliques et des corps de ferme. Une fois, sur une route de campagne bordée d'arbres silencieux, elle s'était exclamée, pensive : « J'aimerais pouvoir peindre tout cela. Tu as vu cette lune, comme c'est beau ! » Et c'était vrai, une lune rousse semblait prendre feu au milieu du ciel, sans un bruit.

Ces voyages avaient une qualité particulière, une saveur que je n'ai jamais retrouvée. Celle des départs à l'aube, lorsqu'on est enfant. Il y a l'odeur des tartines grillées et le café chaud des adultes. Nos valises au milieu du salon. On est encore engourdis, mais graves, comme si l'on prenait conscience de l'importance du moindre geste. Je me dis parfois que la vie ne tient qu'à ces infimes détails.

Je vis à l'horizon se dresser le pic du Gar et sa minuscule croix, en haut du pic Saillant. Dès lors je sus que j'étais de retour. Ma jeunesse se tenait là, quelque part, entre les ronces et les lierres de ce pays. Avec ses 1700 et quelques mètres, le pic du Gar était une pièce majeure du paysage que nous retrouvions avec le même plaisir étonné chaque été. Il fallait compter environ trois heures et demie de marche pour y accéder, en passant par Bezins-Garraux, sur un chemin dissimulé derrière une carrière de marbre. Ma première ascension, à l'adolescence, fut quasi initiatique et comme les arbres défilaient, ce soir-là, devant le taxi, je nous revis, Jean et moi, partant dans le froid vif du petit matin. Nous avions emporté un sac à dos, une gourde et un bâton de marcheur. J'avais pris un livre, ce qui l'avait fait rire. Une fois au sommet, je fus surpris d'entendre avec une telle acuité les bruits de la vallée, les meules de la scierie, les voitures en contrebas. J'étais fier comme un poète en quête d'aventure, Jean considérait tout cela sans un mot ; il était chez lui.

Monsieur Argelosse me regardait à la dérobée. Notre destination approchait, je ne parlais plus, j'étais dans mes pensées. Pour briser ce silence encombrant et se réconforter, il s'exclama : « Eh bien, nous y voilà ! » Des lampadaires jaunes brillaient dans la rue principale. Saint-Béat s'étirait tout en longueur. Quand ce village n'était encore qu'une brèche taillée en pleine montagne, à peine accessible, les Romains l'appelaient *Passus lupi*, le pas du loup.

La voiture roula sur le pont. En dessous coulait la Garonne.

Tout était désert. Une émotion indescriptible me saisit, comme si quelque chose s'était immobilisé. C'était moi qui étais parti et n'avais cessé de me déplacer, le passé, lui, n'avait pas disparu. Au centre de la rue principale, se dressait notre maison, immuable. Je levai le nez vers les volets clos, ayant toujours vu ma grand-mère m'attendre à la fenêtre ou observer les passants. Insérant la clef que ma mère m'avait confiée, je poussai la lourde porte d'entrée en chêne massif. Ma mère avait été surprise de mon désir de revenir ici, le temps d'un week-end de trois jours. Évitant son regard, j'avais balbutié un vague prétexte. Elle ignorait ce qui s'était réellement passé des années plus tôt.

Après avoir cherché mon chemin dans l'obscurité, je mis enfin la main sur l'interrupteur du couloir. L'humidité âcre m'avait d'emblée pris aux narines, comme si du linge trempait depuis des jours. Dès que la lumière se fit, le décompte de la minuterie s'enclencha, ce qui m'inquiétait dans l'enfance. Sa durée trop brève, une ou deux minutes, laissait rarement le temps de sortir les vélos ou de rentrer les courses. Il nous était arrivé plus d'une fois de tâtonner dans le noir. Du salpêtre blanchâtre, que j'ai pris un temps pour de la farine, recouvrait les murs.

Sac à l'épaule, je gravis les petites marches en bois mal ajustées, grinçantes, jusqu'au premier étage. Je marquai un temps d'hésitation. Pendant quelques secondes, je crus m'être glissé dans la peau d'un voleur pénétrant un appartement dans la pénombre. Je m'attendais à voir surgir à tout moment un visage familier, un spectre du passé. La maison avait l'odeur des endroits silencieux et oubliés.

Depuis la mort de ma grand-mère, plus personne ou presque ne venait à Saint-Béat. Peut-être

Margaux, ma petite sœur, avec des amis parfois. Ma mère n'avait plus la force suffisante de faire le trajet. Il avait été question de vendre la maison, puis l'idée avait disparu d'elle-même. Dans le couloir, je revis quelques photographies de famille sous verre. Le secrétaire avec ses poignées en cerisier, les tentures marocaines accrochées au mur, la même chaise de paille tressée où personne ne s'asseyait jamais. Les dessins et les aquarelles d'un grand-père que l'on n'avait pas connu. Dans la cuisine du fond, deux trois conserves dont il faudrait vérifier les dates. Je retrouvai également la petite bibliothèque du bureau où traînaient toutes sortes de romans. Ces vieilles éditions de poche jaunies avaient un charme indéfinissable qui tenait aux illustrations désuètes, quelque peu naïves des couvertures. Ne résistant pas au plaisir, presque instinctif d'ouvrir un livre, je plongeai mon nez à l'intérieur, comme on respire un vieux parfum ou un alcool fort ; celui-ci sentait la terre humide et le sous-bois. Sur l'étagère du bas, je reconnus des volumes de poésie. Je les parcourais à l'époque, sans vraiment en comprendre la signification, lisant un vers de-ci de-là chez Alfred de Vigny, Lamartine, Rimbaud, même Guillevic et Saint-John Perse. Déposant mon sac sur le tapis de laine rouge, j'en sortis un au hasard. Je tombai sur Pierre Reverdy, le début de « Chemin tournant ».

Il y a un terrible gris de poussière dans le temps
Un vent du sud avec de fortes ailes
Les échos sourds de l'eau dans le soir chavirant
Et dans la nuit mouillée qui jaillit du tournant
des voix rugueuses qui se plaignent

Je ressentis d'un coup toute la fatigue de ce voyage et l'appréhension des jours à venir. Mon premier train était parti très tôt de Paris, me laissant désœuvré, dans l'après-midi, sur un quai presque désert à attendre la correspondance. Mais le voyage avait pris d'autres voies, des détours intérieurs. Il avait débuté depuis longtemps.

Je me rendis dans la chambre bleue qui ne donnait pas sur la rue principale, mais côté Garonne. Relativement petite, elle avait tout d'une chambre d'amis – s'il en était venu, mais ce n'était pas le cas. C'était la mienne. Ma mère occupait la chambre jaune du second. On l'appelait ainsi à cause des murs qu'elle décida un été, sur un coup de tête, de repeindre, pour rompre avec la tonalité grise du village, « déprimante » selon elle, et mettre un peu d'Italie autour de nous. Ma mère ne vivait pas sans l'Italie. Mes sœurs dormaient dans une pièce attenante. J'occupais, moi, le même étage que ma grand-mère. Lorsqu'elle allait se coucher, elle disait d'un air énigmatique qu'elle « se retirait dans ses appartements». Nous étions impressionnés par son lit surélevé, à baldaquins noirs, torsadés, où elle dormait seule depuis des années.

Je me préparai pour la nuit, surpris d'être là. De la lourde armoire en chêne, je sortis une pile de draps rêches. Ça sentait la naphtaline, odeur irrémédiablement attachée à ce lieu. Je dépliai les draps trop grands et les secouai avec l'énergie qu'on met à chasser des esprits. Pendant ce temps, la Garonne s'écoulait en contrebas. Je ne voulais pas la voir. Dans le square d'en face, sur l'autre rive, je savais qu'un réverbère éclairait les flots. On aurait dit qu'elle m'attendait, cette rivière, pour me hanter avec ses fantômes secrets. Le débit et la rumeur variaient selon la montée des eaux; lorsque des pluies torrentielles s'abattaient sur les environs, ce qui arrivait chaque été avec les orages, le rythme était proprement infernal. Mille robinets ouverts en même temps. On finissait par s'habituer à ces grondements et modulations sonores, mais on n'oubliait jamais sa présence. Chez le buraliste, on voyait chaque été ces cartes postales signées Iris qui m'intriguaient. Elles vantaient en Saint-Béat la «Venise du Sud». Mais la Garonne ne ruisselait pas paisiblement au milieu d'un lacis d'étroits canaux. Elle roulait et grondait, puissante, sauvage, force intraitable de la nature. Se dire que depuis tout ce temps, elle n'avait pas cessé de couler une seule seconde, c'était vertigineux. Il était à peine possible de le penser.

Le lendemain, un jour gris se leva sur le village. Le premier son que j'entendis fut l'écoulement incessant de la rivière derrière la fenêtre. Il me chassa presque du lit. Comment pouvait-on dormir paisiblement si près de ces eaux mouvementées ? Me rendant dans la cuisine, je me fis un café à l'italienne. Les soucoupes et les tasses étaient rangées dans le buffet du salon, dont les portes fermaient toujours aussi mal. Je ne sais pourquoi ma grand-mère avait tapissé les étagères d'affreuses bandes de papier peint à carreaux rouges et blancs que personne n'avait songé à décoller. Écartant un rideau, je me décidais enfin à sortir.

Je m'engageai dans la rue principale qui menait au pont. Il devait être dix heures du matin. Je croisai quelques visages inconnus, passai devant la boulangerie, la boucherie aux carrelages noirs, je m'attardai devant la vitrine du buraliste où des échantillons de cigarettes électroniques et de recharges étaient à présent alignés sur deux rayonnages. En déambulant entre les murs et les arbres, je revis la pharmacie, dont on n'osait pas ouvrir la porte. On entendait quelquefois sa clochette bruyante qui annonçait les audacieux. En vitrine des flacons d'eau de Cologne, des boîtes de talc, des bocaux de poudres jaunes mystérieuses et des mues de serpents craquelées, dont celle d'une grosse couleuvre. C'était à cette hauteur l'unique commerce de la rue, elle rétrécissait ensuite comme un goulot de bouteille. Un lavoir inutilisé depuis longtemps occupait le bas-côté. Ce passage avait un je ne sais quoi d'inquiétant, dû peut-être à ses bâtiments ombragés, difficiles d'accès. La mairie se tenait dans une demi-pénombre, on ne voyait jamais les employés. L'entrée se faisait par un petit hall extérieur, flanqué d'arcades. Des enfants couraient entre les colonnes en criant pour entendre l'écho de leurs voix.

Devant *La Terrasse*, les tables étaient déjà dressées. Sur de grossiers filets accrochés à la roche par des pitons, un panneau indiquait : « Danger. Chute de pierres. » À l'intérieur, un billard américain et un juke-box, remisés dans un coin. Rien n'indiquait que le monde moderne fut arrivé jusqu'ici sinon la présence d'une jolie serveuse, au visage couvert de taches de rousseur, qui pianotait sur son téléphone portable derrière la caisse. Elle m'apporta un express allongé, en souriant. Dans un exercice de mémoire impossible, je me triturais la cervelle pour l'identifier.

N'ayant aucune image précise en tête, je renonçais et me retins de lui demander des nouvelles du « gangster slave ». Avait-il seulement existé ? Les années 1980 étaient déjà si loin.

En sortant, je la vis écrire à la craie le menu de midi sur une ardoise. Je me souvenais qu'à *La Terrasse* on mangeait des truites aux amandes, la spécialité du coin. À tort ou à raison, je les croyais pêchées par les gaillards, bottes hautes jusqu'à la taille qui lançaient les fils à plomb de leurs immenses cannes souples dans le cours rapide de la rivière. Après le pont, le lit s'élargissait et le courant fuyait en aval le long de minuscules berges non aménagées. C'était là que le village finissait.

Au-delà, je savais bien ce qu'il y avait.

Je revins sur mes pas, après un bref passage à la supérette. N'ayant rien à faire de la journée, j'entrepris de mettre la main sur la clef du cagibi. Avec un peu de chance, nos anciens vélos y étaient entreposés. J'ouvris un à un les tiroirs du secrétaire de l'entrée, c'était un fouillis indescriptible de clefs de toutes tailles, rondes, plates, minuscules, argentées, rouillées. Dans une maison d'enfance, on tombe toujours sur des clefs entassées. Bien souvent, elles n'entrent plus dans aucune serrure, n'ouvrent plus aucune porte mais on les garde précieusement.

Je reconnus enfin une petite étiquette bleue, plastifiée, accrochée à une longue clef noire crantée. Le cagibi était sous l'escalier du couloir du bas. J'eus un peu de mal à ouvrir la porte, qui s'ébranla sur ses gonds en raclant le sol. Il y avait là des jouets anciens que personne n'avait eu le cœur de jeter. Mais aussi une pile de chaises longues, le modèle transatlantique, dont le bois avait noirci, presque pourri. Derrière des bâches transparentes, j'entraperçus un tricycle rouge et plusieurs bicyclettes. Les guidons étaient tordus et pris les uns dans les autres, formant un entrelacs compliqué. Je dus me débattre avec des roues et des chaînes sorties de leur dérailleur qui pendaient au sol. Je tâtais des pneus dégonflés, certains crevés, avant de tomber sur mon premier vélo, doté de grosses roues épaisses puis sur mon vélo de « grand », que je reçus pour mes quinze ans, blanc crème, aux roues fines, avec plusieurs plateaux. Je l'extirpais du lot, heureux.

Chaque famille possède ses expressions inoubliables dont l'origine demeure incertaine, quoique incontestable. Ma mère appelait nos vélos des « bichclouttes », je n'ai jamais su pourquoi. Dans mon imagination de jeune garçon, ce terme évoquait un animal chimérique. Le garde-boue tremblotait dangereusement dans les pentes. Sur le guidon, il y avait une tête de lion intrépide.

Je dévissai les embouts des pneus et réussis à les regonfler suffisamment, par chance ils n'étaient pas percés. Une fois au-dehors, j'actionnais la petite sonnette ronde qui émit un grincement quelque peu strident. Dès que j'eus l'âge de faire des balades tout seul, je fis retentir ma sonnette dans les descentes, au tournant de petits chemins. Je roulais, insouciant et joyeux pendant des kilomètres sans croiser âme qui vive.

Je remontai la selle et enfourchai mon ancienne bicyclette. L'armature semblait solide. Cela valait la peine d'essayer. En m'élançant doucement d'abord, je pris peu à peu de la vitesse devant *La Terrasse*. Je me souvenais des sprints solitaires à cet endroit précis où j'avais assisté au passage des cyclistes du Tour de France déboulant dans le village, à vive allure, rapides comme l'éclair; avec leurs tee-shirts moulants, rouges à pois, jaunes à rayures, tout auréolés de gloire.

En suivant le cours de la rivière, je remontais le temps. Sur ma gauche, la chapelle Saint-Roch, minuscule construction troglodytique encastrée dans un gros rocher, coiffée d'un toit d'ardoises. La façade était recouverte d'une pellicule grisâtre. La poussière de marbre s'échappait des lourds camions qui empruntaient plusieurs fois par jour cet itinéraire. Le paysage, comme la route qui longeait la montagne, semblait badigeonné d'une même couleur, un gris terne qui recouvrait aussi le village. Ce gris, je ne le trouvais pas triste, contrairement à ma mère, il était avant tout mystérieux. Il venait de la roche, des exploitations souterraines, tout en lui nous parlait d'un autre temps et d'un lieu inaccessible qui me faisaient rêver.

Après la chapelle, la route tournait sur la gauche, dans un virage en épingle à cheveux, devant l'entrée obscure des galeries de la carrière. Même en plein été, cet antre béant – vaste trou noir dans la montagne – soufflait un air glacé venu des profondeurs. Une simple chaîne en condamnait l'entrée, devant un petit panneau figurant une tête de mort. C'était la gueule d'un enfer chtonien redoutable. Je ne connaissais personne qui s'y soit risqué. À peine distinguait-on la silhouette fugitive d'un conducteur. À cet endroit, tout était dangereux, la sortie de la carrière, comme le virage sans visibilité de la départementale et j'accélérais toujours pour conjurer la menace sourde planant sur le lieu. De l'autre côté, en face de la carrière de Saint-Béat, d'où les camions branlants sortaient dans un formidable rugissement, je reconnus une petite marbrerie à l'abandon. La structure de fer rouillé était gagnée par des orties géantes, des queues-de-renard violacées composaient des bouquets sauvages, improvisés. On devinait un cimetière, des plaques de marbre blanc et rose effondrées et renversées. J'accélérai, le cœur battant, comme si j'avais rendez-vous.

Cette carrière signalait le début d'un autre pays, dont le seuil était marqué par le souffle froid, glacial, exhalé par les galeries souterraines inaccessibles. D'énormes bruits d'explosions nous parvenaient quelquefois. On aurait dit d'invisibles orages, étouffés dans la pierre. Des choses avaient lieu en coulisse, elles échappaient aux vacanciers que nous étions. Puis j'atteignis le long chemin de terre après Rapp. Rapp, c'était le coin des mûres où on traînait avec mes sœurs, Sophie et Margaux. Rapp et son long chemin plat, idéal pour apprendre à faire du vélo.

J'étais l'aîné de six ans, mes sœurs avaient entre elles à peine un an d'écart. Leur proximité créait de fortes frictions et de vraies connivences. À leurs yeux, j'incarnais le grand frère, celui qu'on admirait et qu'on titillait sans cesse. Je ne faisais pas vraiment de distinction entre elles, elles étaient mes « petites sœurs ». Il fallut des années pour que leurs caractères s'affirment et que des différences voient le jour ou du moins pour que j'y prête attention. Le hasard des circonstances voulut que je me rapproche de Margaux, l'espiègle petite brune d'avant. Elle vivait à présent dans le même quartier que moi. J'ai perdu de vue progressivement Sophie, installée à Hanoï avec son mari.

Quand on partait en balade, mes sœurs voulaient toujours emprunter ce chemin. Je les aidais à récolter des mûres violettes, les meilleures, les plus grosses étant les noires, celles dont les petits pépins craquaient délicieusement sous les dents. Elles se piquaient chaque fois aux ronces pour les attraper, mais le plaisir du fruit duveté qui tachait les doigts était irrésistible. Elles en avaient autour des lèvres et cela nous faisait rire. C'était à qui aurait la langue la plus noire.

Rien ne semblait avoir bougé, ou si peu ; je n'en revenais pas.

Après Rapp, je continuais et pédalais en « danseuse » pour gravir la côte, retrouvant les sensations d'antan. L'effort austère dans la montée puis le soulagement quand on descendait à toute berzingue. Les roues faisaient ce bruit de cliquetis reconnaissable entre mille. J'arrivais près du lac de Géry, seul endroit des environs où l'on se sentait proche de l'eau, de la forêt, de la montagne et du ciel. Je reconnus le site gallo-romain sur la droite, sûrement un peu décevant pour les amateurs de ruines antiques. Pour moi, il ne l'était pas. Ce bord de route abritait les fondations d'anciens thermes, et probablement aussi celles d'un lieu de sacrifice et de culte. Un sarcophage ouvert, du marbre blanc brut, reposait au milieu d'un carré d'herbe rase. Une petite pancarte avec un code QR, pour téléphone mobile, avait été installée juste devant. Auparavant, quand on passait, on rêvait à ces vestiges inconnus, leur aura était d'autant plus forte qu'on ne disposait d'aucune information à leur sujet. Tout était étiqueté aujourd'hui, dûment renseigné. Je laissais là ce détail irritant d'un monde sans rêves et dévalais la pente. J'arrivais à la « ferme de Gesse », ainsi l'appelait ma grand-mère – long bâtiment de pierre et de torchis. Ses volets d'un vert sombre étaient hermétiquement clos. Il n'y avait personne. Ni tracteur ni voiture. Pas plus de charrette pleine de foin. La crasse habituelle avait disparu tout comme ces longs sillons de bouses fraîches que les pneus dessinaient sur le sol quand on passait.

Une pancarte « À vendre » était apposée sur la façade.

Personne ne connaissait vraiment Gesse. Qui aurait pu se targuer d'être son ami ? Le peu qu'on savait de cet être bougon, un béret perpétuellement vissé sur le crâne, c'était qu'il dirigeait la ferme avec sa femme. Elle, on ne la voyait pour ainsi dire pas. Le bâtiment donnait sur un immense champ, presque une prairie, et tout au bout, un lac, où des pédalos jamais utilisés dormaient contre une cabane en rondins de bois, au faux air canadien. Tout ça me rappelait le fort anglais, William Henry, du roman de James Fenimore Cooper, *Le Dernier des Mohicans*. Je lisais ce gros bouquin qui m'enthousiasmait et m'ennuyait parfois. Mais j'étais si fier de lire un vrai roman, cela changeait des aventures enfantines de la Bibliothèque verte.

La ferme s'adossait à une colline boisée, infestée de moustiques en été, au pied d'un gros rocher, le Pujo. Les murs gris du village semblaient déjà loin. Les nuages tournaient lentement dans le ciel. L'espace était clair, ouvert comme la paume de la main. Dès que le vent se levait, un champ de peupliers s'animait, toutes les feuilles argentées tremblotaient, bruissaient, étincelantes comme de petits miroirs. De la ferme, je me souviens qu'elle empestait en permanence le purin et le lait caillé. Les bouses s'étalaient au sol comme des crêpes épaisses et séchaient sous le soleil de plomb de ces longues après-midi. Dans le champ de Gesse, une carcasse de voiture, sans pneus ni portières, pourrissait lentement au soleil ou avait-elle toujours été là ? Salement amochée par les intempéries, envahie d'herbes et de ronces. Deux autres véhicules déglingués l'accompagnaient à présent, donnant aux abords de la ferme l'allure incongrue d'un cimetière de voitures.

Mes sœurs n'aimaient pas toute cette partie. Rapp, c'était l'enchantement des mûres délicieuses et des chemins où elles pouvaient s'ébattre librement ; Géry, un lieu plus obscur qui moi me fascinait. Les chiens de Gesse, cerbères agressifs, se disputaient des restes d'os rongés au milieu de flaques de boue, ils terrorisaient Sophie et Margaux. Quand il appelait ses bêtes, Gesse, muni de son bâton, était accompagné de ses roquets. S'ils aboyaient trop fort, il donnait un coup de pied dans le tas. Les chiens couinaient et se calmaient. Pour ses bêtes, il avait une tendresse rugueuse qu'il ne réservait pas à ses chiens. Gesse sifflait puis lançait des mots incompréhensibles dans un sabir de patois et de français que les vaches avaient l'air de reconnaître. Agacées par un chien teigneux, elles le rejoignaient en s'agitant un peu, faisant sonner la grosse cloche autour de leur cou. Il leur prodiguait du plat de la main une sorte de cajolerie quand elles arrivaient, en dandinant du cul, pour rentrer à l'étable, la queue battant nerveusement la cadence.

On l'entendait parfois lancer au loin un puissant « eh oh ! », interjection dont l'écho retentissait dans la vallée. Il rameutait ainsi ses bêtes qui broutaient calmement l'herbe dans le vaste enclos. Certaines s'égaraient près d'une rive un peu sauvage de la Garonne en contrebas. Rien ne leur résistait, les fils électrifiés étaient souvent piétinés par les animaux peu soucieux de frontières. Tout ce qu'on pouvait apprendre du fermier, on le voyait en regardant sa ferme. Comme un vieux bohémien un peu dans la lune, Gesse laissait les choses s'user d'elles-mêmes. Il achetait tout et n'importe quoi, accumulait des quantités incroyables d'outils de jardinage, de bouts de tôles, de planches, de bidons de lait, de pièces de moteur, de sacs d'engrais de cent kilos, de postes de télévision et de radio. Il ne réparait jamais rien mais ne jetait rien non plus. Parfois, une machine rouge, flambant neuve, émergeait de cet invraisemblable bric-à-brac.

Un jour, je tombais nez à nez sur une grosse vache tachetée de noir, le museau trempé, des myriades de mouches collées aux yeux. Vues de loin, les vaches faisaient tapisserie, c'étaient d'aimables images d'Épinal. D'aussi près, leur corps massif et impassible en imposait. Je m'étais adossé à un arbre, contemplant des tourbillons d'eau, tandis qu'un oiseau invisible lançait ses trilles dans les airs. La vache était là, juste derrière moi. On se considéra puis j'agitai la main et l'animal prit peur. Il se cogna à des arbustes en repartant à vive allure dans le pré. Lorsque le danger fut hors de vue, il s'arrêta et se remit à brouter paisiblement.

À Saint-Béat, on restait entre nous. Je n'y avais pas d'amis, me contentant d'échanger trois ou quatre mots polis avec les commerçants. Tous les jeudis soir, Granny jouait au bridge avec des dames de son âge, comme elle rescapées d'une autre vie, où il y avait un mari et des obligations mondaines. Nous, les enfants, passions la plupart du temps à ne rien faire, à lézarder sur la terrasse, parfois des balades à pied le long des champs de peupliers. Une séance de Monopoly ou de petits chevaux, après dîner. C'était cela les vacances, un arrangement permanent avec l'ennui. Quelquefois, on faisait un saut du côté de la frontière espagnole. Ma mère lisait sur sa chaise longue, elle accompagnait aussi les filles à la piscine, ou leur chantonnait une comptine de son enfance, ce qui les réjouissait. Cet été-là, sur la terrasse, ma mère fredonnait une chanson populaire, entêtante.

Colchiques dans les prés
Fleurissent, fleurissent

Colchiques dans les prés
C'est la fin de l'été

Mon gros bouquin ne suffisait pas à combler ces interminables journées, mes sœurs jouaient de leur côté, elles étaient trop jeunes pour être mes confidentes ou des alliées ; je crevais de solitude, j'attendais qu'il arrive quelque chose.

Je devais avoir douze ans lorsque je rencontrai Jean. Ma mère m'autorisait depuis quelque temps à partir seul à condition d'être prudent sur la départementale, en sortant du village. Dès que le virage abrupt était dépassé, je remontais sur mon petit vélo de l'époque, heureux de délaisser Saint-Béat et les murs de notre maison. Alors commençait un voyage au pays de la liberté. Je pédalais à toute vitesse sur le chemin caillouteux de Rapp. J'aimais les odeurs fortes, sucrées, au goût d'anis et d'herbes sèches, la chaleur de l'été, les papillons qui voletaient et passaient sous nos yeux sans prévenir. Je restais des heures à faire des ricochets sur la surface immobile du lac. L'eau se fronçait légèrement sous les rebonds des pierres puis elle se refermait, comme si aucun caillou ne l'avait heurtée. J'avais entendu dire que des sangliers noirs descendaient du Pujo pour venir fourrager dans les ordures entassées derrière la ferme de Gesse.

Non sans crainte, je rêvais de croiser leur route. Quelque chose de fondamental reliait le sanglier à la terre. Il surgissait, robuste, renversant tout sur son passage pour nous rappeler que des forêts avaient jadis recouvert une large surface du monde. Je comparais cette force impétueuse de la nature à celle de son autre rival, l'ours des Pyrénées, que je ne vis pas davantage. Lorsqu'un buisson frémissait, je guettais l'animal dissimulé sous les feuillages.

Ce jour-là, Jean surveillait les vaches de son père, dispersées dans la vallée de Géry. Les cheveux en pagaille, il était occupé à tailler un morceau de bois avec un couteau, je m'approchai et le regardai faire. Il continuait imperturbablement, sans lever le nez. De temps en temps, il plaçait ses deux index à la commissure des lèvres et sifflait pour rameuter les bêtes qui avaient tendance à prendre le large. Cela m'épata sur le coup, moi qui sifflais banalement. Mais un vrai sifflement, aigu, prolongé qui crevait l'horizon, ça en jetait comme on disait ! Se sentant observé, il me lança un regard rieur.

« Tu fais quoi ? », questionnai-je. « Je prépare un arc », me répondit-il. Je lui proposai de l'aider à fabriquer les flèches. « D'acc' », dit-il. Puis il ajouta : « Moi c'est Jean », en me serrant la main.

Il avait une poignée de main ferme et franche, ses mains étaient plus calleuses que les miennes.

Il n'avait pas tout à fait le teint hâlé de son père qui vivait en permanence au grand air. On sentait toutefois un gaillard musclé. J'étais le gars des villes, lui celui des champs. On fouilla les sous-bois du côté de Géry en quête de branches de sureau assez souples et solides pour constituer un carquois digne de ce nom. J'avais en tête les aventures de Grand Serpent et de son fils, Cerf Agile, le « dernier des Mohicans ». Dans le roman de Cooper, ils délivraient les filles Monro de l'embuscade tendue par les Hurons. Peut-être pourrions-nous engager une aventure digne de ce nom. Cette première après-midi passa à toute allure. On décocha nos flèches, cachés derrière la carcasse de la voiture, sous les mugissements fatigués et ennuyés des vaches. Tels deux chasseurs indiens intrépides d'une plaine du Grand Ouest, on slalomait entre les bovins, tirant nos innocents bouts de bois, comme si les animaux étaient des bisons. Lorsque Gesse parut en fin de journée, il poussa une formidable gueulante, incompréhensible pour moi. On se serra hâtivement la main, complices d'un mauvais coup. Jean proposa qu'on se revoie le lendemain près du lac. Dès lors, on passa l'essentiel de nos journées dans le champ et aux alentours. Quand on avait trop soif, on actionnait la petite pompe à eau de la ferme, buvant chacun son tour sous le robinet qui crachait un filet d'eau froide.

Il émanait de Jean une chaleur humaine, assombrie parfois par un changement d'humeur imprévisible. On le devinait à sa manière de froncer les sourcils, de bouder sans raison alors que tout allait bien. Ça ne durait pas longtemps, suffisamment pour que j'en éprouve un malaise indéfinissable, comme si j'entrapercevais un autre versant de sa personnalité et du monde qui était le sien. Puis on repartait de plus belle. La différence sociale, le fait que je venais de Paris, rien de cela n'existait à nos yeux, du moins rien ne nous opposait. Nos jeux créaient un terrain d'entente quasi magique où chacun mettait ses rêves et l'énergie désordonnée des premiers âges.

Je rentrai à la maison, après notre après-midi de tir à l'arc, une certitude chevillée au cœur, elle me donna une force incroyable cet été-là : pour la première fois en vacances, j'avais un ami. La vie prenait un sens nouveau, j'aurais été bien incapable de dire lequel.

L'été suivant, je m'impatientais à l'idée de revenir à Saint-Béat. Ma mère s'en amusa au début, je ne lui avais pas donné beaucoup de détails. Elle savait juste que je jouais avec le fils de Gesse. Je retrouvais Jean chaque année, au mois d'août. On reprenait nos jeux presque là où on les avait laissés. Ils évoluaient doucement, au gré de notre fantaisie. On s'appuyait sur les ressources de la nature ; telle souche creuse devenait la coque d'un navire, tel trou dans la montagne le repère d'un ours. Jean n'allait pas à la piscine et je m'en accommodais. Jouer en sa compagnie me semblait infiniment plus intéressant que barboter dans un bassin rectangulaire. Chaque été je me demandais en revenant s'il serait encore là. Mais oui, c'était toujours le cas. Je ne mis jamais les pieds dans la ferme de ses parents. Lui ne m'y invitait pas. C'était un autre monde où je n'avais pas ma place. Et il ne venait pas à la maison. Il y avait entre nous l'intelligence d'un pacte amical tacite.

Une fois, il me dit sur un ton mystérieux qu'il avait découvert une cachette au bord de la Garonne ; elle devint notre repaire et notre antre secret. Pour y accéder, on s'engageait dans le champ de peupliers près du lac de Géry, perpétuellement animé par le vent, souffle imperceptible ou rafales bruyantes. Au bout du champ, on tombait sur une bâtisse en brique. On n'aurait pas pu en soupçonner l'existence depuis la route. Plusieurs vitres étaient brisées, des ronces poussaient à l'intérieur. Des fleurs d'un jaune vif dressaient leur tête. Quelque chose d'enivrant se dégageait du lieu. La porte entr'ouverte n'avait plus de poignée. Sur le rebord intérieur de la fenêtre, des boîtes rouillées. Lorsqu'on venait de ce côté, on passait de la lumière vive de l'été à une douce pénombre. Après cette curieuse maison, peut-être une halte pour pêcheurs, on se rapprochait de l'eau, l'intensité sonore et la fraîcheur augmentaient à mesure qu'on avançait.

La Garonne était très différente ici, quasi méconnaissable. La passe plus étroite qu'ailleurs était particulièrement dangereuse. Je fus un peu effrayé, la première fois, de la voir de près, si agitée, si turbulente. J'étais habitué à l'eau de la piscine, rien ne m'avait préparé à cette force primitive, élémentaire. La rivière prenait de la vitesse après un virage étroit, toujours encombré de cailloux et de branches tordues.

Il ne fut plus question de faire des ricochets sur la surface étale du lac ni de jouer aux cow-boys et aux Indiens. Nous délaissâmes naturellement, presque malgré nous, ces occupations de petits. Un de nos jeux favoris – était-ce encore un jeu ? – consistait à se retenir d'une main à la branche d'un arbre, au bord de la rivière. Sans tomber, il fallait plonger l'autre main dans l'eau glacée pour en extirper un gros caillou. C'était un défi à relever. Il y allait de notre honneur d'homme naissant, nous extirpant du cocon protecteur de l'enfance. On devait être « chiche » ou « cap' ». Pas question de se dérober. À l'adolescence, tout devenait plus impérieux, plus ardent, plus cruel. On rêvait souvent de passer sur la rive d'en face pour coincer une grosse branche dans les flots. On s'imaginait marcher rapidement sur un rondin de bois, comme ces héros intrépides de films d'action qui s'engagent sur un pont branlant de planches pourries au-dessus du vide. Toutes nos tentatives échouèrent. Les flots attaquaient et rejetaient nos morceaux de bois insignifiants. Ils partaient avec nos espoirs, en faisant des roulés-boulés.

Une après-midi, Jean faillit bien disparaître. La branche à laquelle il se tenait se brisa alors qu'il avançait une énième fois, une main tremblante dans la rivière glacée. Les cailloux brillaient d'étrange façon sous l'eau. Ils ressemblaient à des pierres précieuses – rubis, émeraude, saphir –, on prêtait à leurs reflets prismatiques toutes les vertus possibles. Ce jour-là, Jean essayait d'attraper un gros caillou anguleux et brillant. Il tomba aussi brutalement qu'une masse sombre. Le flot était si rapide que je ne pus rien faire ; Jean fut emporté. Je le vis se débattre, essayer de s'accrocher quelque part. Il avait de l'eau plein la bouche. Il coulait dans les remous, bousculé comme une souche et c'est alors que je réalisai qu'il ne savait probablement pas nager, raison pour laquelle il déclinait, sans oser l'avouer, mes rares invitations à la piscine. C'était un garçon des champs, de la terre, des forêts ; l'eau demeurait un grand mystère plein de dangers. Je courus aussi vite que je pus, m'efforçant de ne pas le perdre des yeux. Je pensais au « barrage » un kilomètre plus loin. On appelait ainsi un petit pont doté d'une herse noire où se prenaient des algues vert épinard, d'épaisses mottes de terre et toutes sortes de détritus. Je criais autant pour lui signifier que j'étais là que pour exorciser ma peur. De manière providentielle, se présenta le tronc épais d'un vieil arbre moisi, incliné au-dessus de l'eau, que je balançai sans ménagement dans les flots. Jean parvint à s'y agripper et il dériva sur une de ces plages minuscules en bord de rivière, où s'entassaient des sacs plastique et des bouts de polystyrène.

Cette aventure scella notre amitié. Je crois bien que je lui avais sauvé la vie. Trempé jusqu'aux os, Jean me serra la main, tremblant encore de peur et de froid. Il me fit promettre de ne rien dire à personne.

Le soleil n'avait pas réussi à percer la pellicule grise qui voilait le ciel depuis que j'avais remis les pieds à Saint-Béat, la veille au soir. Je bus une bière à Bezins-Garraux, en fin d'après-midi, pensif, incapable d'imaginer un programme pour le lendemain. Il me restait à attendre ce rendez-vous. Mes souvenirs remontaient à la surface, les uns après les autres. Tous ces étés me ramenaient à cet âge ingrat où l'on n'est qu'ébauche mal dégrossie, à ces sensations brutes qui font tituber l'esprit et nous exaltent.

Un bruit me tira du sommeil. Peut-être l'avais-je entendu dans mon rêve. J'ouvris les yeux. L'ombre immense, très sombre du flanc montagneux recouvrait la terrasse du bas, celle où l'on prenait nos repas, dès qu'il faisait beau, sur une table blanche de jardin en fer forgé. Un muret protégé par un mince grillage nous séparait de la rivière. Une porte donnait directement sur des pierres plates glissantes, parfois l'eau les recouvrait. Il arrivait que des odeurs d'égout s'invitent pendant nos déjeuners. Les filles s'écriaient à l'unisson, invariablement : « Ah ça pue ! »

Le bruit revint, se répéta. Grondements sourds, martelés, menaçants. Intrigué, je traversai le couloir jusqu'à la fenêtre du salon et, comme l'aurait fait jadis ma grand-mère, soulevai les rideaux de mousseline pour regarder dehors. Cela ressemblait au son d'un moteur qui renâcle, comme ces bolides teigneux sur la ligne de départ. La rue était déserte, les commerces plongés dans l'obscurité. Des lampadaires éclairaient les platanes dont le vent balançait des ombres de-ci de-là. Soudain, sortie de nulle part, une voiture mugissante passa en trombe sur l'avenue principale, le volume d'une musique techno poussé au maximum dans l'habitacle. Les pulsations des basses faisaient trembler les vitres de l'auto. Le véhicule s'éloigna aussi vite qu'il était apparu, emportant dans son sillage ces rythmes saccadés, proprement infernaux.

Je me recouchai, cette vision obsédante à l'esprit. Je repensais à mon dernier été ici. À la fête du village. Au feu d'artifice, au bal. Aux jours qui suivirent. Et, telle une image trop longtemps contenue, rejetée dans la mémoire, dont les contours s'estompaient d'une année sur l'autre, se dissipaient, se diluaient presque dans un abîme intérieur, il y eut son visage et ses cheveux attachés.

Je mis un coussin sur ma tête pour ne plus entendre la rivière.

Nous avions décidé une fois pour toutes que chaque jour, à quatorze heures, nous nous retrouvions dans notre coin. Nous n'avions nul besoin de montre ni d'horloge. Celui qui arrivait le premier attendait l'autre, voilà tout. On se passait très bien d'explications alors.

La journée promettait à nouveau d'être infinie. Sur mon vélo, j'avançais nez au vent, en regardant passer les papillons, de gros bourdons au col jaune s'échappaient d'une fleur. J'avais quinze ans pour l'éternité.

Après l'épisode de la branche cassée, il y eut notre période de marches en montagne. Invariablement attirés par le pic du Gar, nous partions à l'aube, autant pour éviter le cagnard que pour avoir l'allure de vrais explorateurs. Nous avancions par monts et forêts, essayant toujours de pousser plus loin, au risque de nous perdre dans les sous-bois qui tapissaient les flancs de montagnes. Mais ils étaient toujours clairsemés et lorsque nous arrivions, enfin, devant l'horizon dégagé, face à d'immenses ravins de pierres dures et sèches, coupantes comme des silex primitifs, nous n'avions plus idée de ce qu'il convenait de faire. Nous croisions des buses qui tournaient dans le ciel et même un jour un aigle qui cria et déplia ses ailes au-dessus de nous. Cela nous fit frémir. Attirés par une menace dont la nature nous échappait, nous finîmes par retourner dans notre repaire pour reprendre nos paris et ce jeu stupide au bord de l'eau. Il ressemblait à une roulette russe. C'était aussi excitant que de marcher le long d'un précipice, mais au cœur de ce danger il y avait la douceur insaisissable et sensuelle des flots glacés.

Il ne m'avait jamais parlé d'elle auparavant. Je ne savais pas qu'elle viendrait. Jean fit les présentations de façon sommaire : « Ma sœur. » Je perçus de la fierté dans ces mots, une certaine gravité même. Geneviève devait avoir dix-sept ans. Ces deux grandes années qui nous séparaient d'elle représentaient un monde. Jean et moi étions encore des gamins énervés, chiens fous ruant dans les brancards.

Geneviève portait un sac de toile un peu baba cool, deux grosses fleurs rouge et jaune en écusson. Ses cheveux étaient attachés en un chignon hâtif, brouillon, qui tenait à l'aide d'un crayon à papier. Elle avait le calme d'une future femme mais un reste indéfinissable d'enfance flottait lorsqu'elle était là. Souvent, au détour d'une phrase, elle notait les choses qui étaient « belles » avec une maturité dont nous n'étions aucunement capables. Cette première fois, en découvrant notre antre, elle eut un sourire plein d'indulgence. Elle remarqua – nous n'y avions pas pensé – qu'on pourrait goûter dans la maison abandonnée. Il suffisait d'arracher les orties, de dégager l'entrée. Et pourquoi ne pas y dîner un soir avec des bougies, suggéra-t-elle. « Ce serait beau et amusant. »

L'idée me sembla terrible.

Elle avait une bouche couleur framboise, un sourire rayonnant et ce quelque chose d'impalpable qui s'insinuait entre ses cheveux blonds, ses épaules dénudées, ses formes dessinées sous le chemisier. Elle représentait un danger inévitable, nécessaire. Elle devait savoir des choses que ni Jean ni moi ne connaissions encore. Geneviève mettait du mystère là où on ne voyait que des défis.

Dans les semaines qui suivirent, Jean l'emmena sur le tracteur. Il ne l'avait jamais fait auparavant. Je le voyais traverser le village, fier comme Artaban. Sa sœur assise de biais sur un énorme garde-boue couvrant les pneus. Son chemisier était noué à la taille. Aux yeux de son frère, Geneviève devait incarner une reine de beauté sur un char. Elle ne paraissait pas s'en rendre compte, elle avait cette innocence, apanage de la vraie grâce, celle qui s'ignore.

À la sortie du village, Jean déposait parfois Geneviève à la piscine municipale. Gesse et sa femme ne lui demandaient pas d'aider aux champs, comme faisaient la plupart des filles, retournant le foin coupé, l'après-midi, pour l'andain. Près de la piscine découverte, il y avait un terrain de foot rudimentaire, un champ avec deux cages pour les buts, et un court de tennis, où je m'entraînais le matin, avant de rejoindre mon copain à Géry. Je venais là quand c'était désert, renvoyant obstinément la balle contre le mur, un mur assez haut, bombé au sommet, qui servait pour les parties de pelote basque. Personne ne me demandait jamais rien. Lorsqu'ils s'installaient, les joueurs de tennis entassaient leurs vélos contre les grillages. Ils restaient sous la chaleur écrasante à se renvoyer la balle, pendant qu'un autre énonçait les points sur la chaise d'arbitre. Ça finissait parfois en dispute, et quelqu'un jetait brutalement sa raquette sur le court comme un enfant gâté. On entendait l'écho venu de la piscine, les cris d'enfants qui plongeaient, les bombes à eau des adolescents dans le grand bassin.

Un beau jour, je la vis sortir, les cheveux encore mouillés et s'approcher nonchalamment. Aussitôt l'air frémit et vibra d'une manière différente. Presque douloureuse. Elle secoua ses cheveux, tête renversée, puis elle les ramassa en faisant un nœud où elle glissa son stylo Bic. Elle avait enfilé rapidement un tee-shirt et ne portait pas de soutien-gorge. Geneviève me regarda lancer la balle contre le mur sans faire de commentaire. Je restais concentré et martyrisais consciencieusement cette petite boule jaune en essayant de rendre mes coups de raquette intelligents.

Elle me demanda de but en blanc si je connaissais le château de Géry. Sa question me frappa, je pris cela pour de la télépathie. Je ne répondis rien, trop surpris par cette connivence et je la vis s'éloigner tout aussi nonchalamment qu'elle était venue, après m'avoir salué d'un geste de la main.

Comme l'entrée de la carrière, celle du château de Géry nous impressionnait. Un chemin commençait là, abruptement. Il montait et s'enfonçait dans un fouillis inextricable d'arbres et de bosquets vers la forêt puis se perdait au pied de la vraie montagne, jusqu'à se confondre avec d'autres sentes, arides celles-ci, de rocaille pure. Je restai toujours interdit devant le seuil de ce pays dans le pays. Je n'avais jamais croisé personne dans les parages. Sans doute fallait-il être un cycliste aguerri pour monter jusqu'ici et, à supposer qu'un tel coureur s'y soit risqué, il aurait rapidement rebroussé chemin en réalisant sa méprise. Il n'y avait pas de panneau annonçant une propriété privée. Aucun système d'alarme ni de clôture, comme ce serait le cas aujourd'hui. En bas, près de la route, une pancarte blanche et rouge toute cabossée signalait «Chasse interdite». Un trou grossier perçait la surface métallique; une balle perdue ou peut-être tirée délibérément.

Quelque chose dans la situation de ce château, son allure noble, ses deux tours, ses fenêtres rouge et bleu à croisillons, semblables à de petits vitraux translucides, en imposait et nous tenait à distance. Je m'étais souvent demandé qui occupait les lieux. Les volets en bois très sombres, dignes d'un monastère espagnol, étaient la plupart du temps fermés. Mais même quand ils étaient grand ouverts, on ne voyait rien d'en bas. On en était réduit à des conjectures, de vagues suppositions. Ce château de la Renaissance possédait de belles proportions. Ce n'était certes pas Chambord ni Vaux-le-Vicomte. Il n'y avait ni donjon, ni chemin de ronde ni pont levis. Nulle princesse lointaine à sa tour. Ni d'aristocrates dégénérés hors du temps, assistant, moroses, à l'épuisement de leur lignée, près du feu. J'entraperçus, une seule fois, la silhouette d'une femme en tablier qui époussetait les solives avec un long balai à plumeau. Elle se rendait d'une pièce à l'autre. Moi qui supposais les propriétaires absents ou morts, j'imaginais des héritiers gérant cela de loin. En fin de soirée, un peu éméchés, ils parlaient entre eux du « château-perdu-dans-ce-trou ». Ma grand-mère, à qui je posai la question, se contenta d'évoquer la femme de ménage qui passait chaque mois pour entretenir les lieux. Elle n'en savait pas plus. Certains parlaient d'une famille de Suédois qui pointaient le bout de leur nez aux vacances d'hiver.

Geneviève paraissait en savoir davantage. Elle nous raconta cela tandis que nous regardions l'eau de la rivière tourbillonner autour de rochers, peut-être ajoutait-elle quelques vérités issues de son imagination. Quand elle nous rejoignait, elle apaisait notre agitation mais réveillait malgré elle une tension entre nous. Elle venait souvent ici, je le compris à demi-mot. Un jour, nous dit-elle, cachée derrière un buisson de baies rouges et de fruits à serpents, elle observa les allées et venues de la femme de ménage avec des bidons neufs d'encaustique et de cire d'abeille. Tous les volets, les fenêtres, même les vasistas du grenier étaient ouverts pour quelques heures. En fin de journée, nous assura Geneviève, dans un des deux jardins, cette femme allumait une cigarette et regardait la montagne, la vallée à ses pieds, le lac, la ferme de Gesse, avec cet air vague et absent que donne la fatigue. Geneviève dit comme pour elle-même, « Si seulement on pouvait y aller… » Elle semait des graines de rêve.

Les jours suivants, je m'imaginais accomplir ce vœu secret, murmuré sur ses lèvres. Comme s'il m'était adressé.

Jean manquait quelquefois nos rendez-vous. Son père le réquisitionnait pour conduire le tracteur et garder les bêtes dans des pâturages éloignés. Il m'arrivait ainsi de rester seul, la tête bruissant d'idées vagues. Je me rendais compte, lors de ses absences, que quelque chose changeait. Ce n'étaient plus les sensations fortes de nos treize ans qui m'attiraient maintenant que j'en avais quinze. Je me retirais dans mes pensées. Un monde idéal et abstrait, profondément solitaire et égoïste, naissait en moi.

Jean arborait fièrement une fine moustache brune. Sa voix avait mué avant la mienne. Elle déraillait soudain, poussant dans les aigus et les graves. Cela l'étonnait lui-même, il riait bêtement, il parlait plus fort. Sur ce terrain, il avait une longueur d'avance. Quand nous nous retrouvions, il avait un comportement bizarre, un peu inexplicable. Il n'était plus aussi présent. Nous avons arrêté un beau jour notre jeu dangereux de chasseurs d'or, attrapant des pierres dans le courant fougueux. Aucun de nous ne le décida, cela prit fin tout seul. Je le voyais sauter parmi les cailloux, cabri un peu fou que rien n'arrêtait. Il saisissait de larges galets et les jetait violemment dans l'eau. Souvent aussi il s'amusait à cracher le plus loin possible en essayant d'atteindre la rive d'en face avant de me défier d'en faire autant.

En passant devant la ferme, un beau matin, je les vis sortir tous les trois du bâtiment. Ignorant ma présence, Gesse poussait son fils comme s'il bousculait une de ses bêtes récalcitrantes. Jean maugréait, tête basse. Il était dans un de ses mauvais jours. Nous avions rendez-vous l'après-midi. Sur le tracteur, au côté de son père, il se retourna et nous regarda Geneviève et moi. Je croisai son regard, un peu froid, bizarrement dépourvu d'émotions, comme s'il considérait un étranger de passage. Ce regard m'atteint et fit vaciller quelque chose. Pour la première fois, je pris conscience que nous n'étions pas du même univers, nos familles ne se connaîtraient jamais, nous ne suivrions probablement pas le même destin professionnel. Nous avions évolué dans une bulle que je voyais éclater sous mes yeux, ce jour-là, un jour pourtant semblable à tant d'autres. Le tracteur disparut de l'autre côté de la route.

Il y avait une brume de chaleur encore légère, voile imperceptible posé délicatement sur toutes choses. Le soleil se hissait dans le ciel bleu et la touffeur commençait à monter. Elle s'installerait pour le reste de la journée. Troublé par ce tête-à-tête inédit, je jetai un regard à Geneviève, qui me proposa de faire un tour à vélo près d'Eup. Elle dit cela sur un ton dégagé, comme si c'était une habitude, puis elle s'absenta et sortit un vieux vélo du fouillis de la grange. Il était totalement à plat. Je n'avais pas de pompe, elle non plus. Avant que j'aie pu dire un mot, elle monta à califourchon sur le porte-bagages de ma bicyclette, son éternel sac de toile en bandoulière. Ses jambes pendaient dans le vide comme celles d'une gamine impatiente de faire un tour de manège. Elle s'amusait de la situation qui m'avait fait rougir. J'assurai ma position sur la selle et l'emmenai en m'efforçant de donner le change. Elle ne parlait pas, mais je la sentais derrière moi, tandis que la route défilait. Il n'est parfois pas de regard plus intense que celui qu'on ne voit pas.

Tout à mon effort, j'étais naturellement dispensé de trouver un quelconque sujet de discussion. Dans une descente un peu rapide, elle posa ses mains sur mes hanches pour se retenir de basculer. Je souris et bombai légèrement le torse. J'imaginais la tête de mes petites sœurs, si elles avaient pu voir cela ! Leur grand frère avec une fille ! Comme il n'y avait pas grand-chose à faire du côté d'Eup, Geneviève me proposa d'aller plutôt sur les bords de la Garonne. Tel un chevalier servant, je m'exécutais et dans ma fougue je provoquai une petite catastrophe. Le vélo dérailla et on bascula sur un sentier, entre ronces et orties. Geneviève put amortir sa chute, grâce à son sac. Je valdinguai par-dessus mon guidon, puis me relevai, les genoux éraflés, de petits gravillons incrustés dans la paume de ma main droite. Geneviève l'aspergea avec l'eau de sa gourde et sourit en soulevant délicatement une mèche qui pendait devant mes yeux. Il fallut remettre la chaîne sur le dérailleur, nous le fîmes à deux. J'essuyais mes doigts pleins de cambouis dans une touffe d'herbe sauvage. Nous avons fini le trajet à pied, et j'ai abandonné mon vélo à la ferme. La matinée semblait prendre un malin plaisir à durer. Cet incident nous avait rapprochés, je sentais s'installer une complicité. Mais j'ignorais toujours quoi lui dire. Fallait-il seulement lui raconter quelque chose, avoir un sujet de conversation ?

Geneviève était d'autant plus intimidante qu'elle ne paraissait pas l'être. Son naturel me désarmait. Elle était souvent silencieuse et s'absentait alors dans son monde. J'avais remarqué son cahier d'écolier sur lequel elle griffonnait pendant qu'on s'agitait de notre côté. Je n'osais pas poser de questions pour ne pas avoir l'air indiscret. Peut-être écrivait-elle à son amoureux.

On passa devant la maison des Savins, une grande bâtisse rarement occupée. Comme tout le monde ici, j'avais entendu prononcer le nom des propriétaires sans les connaître. Il en va ainsi de certains lieux, désignés par un nom de famille ou de domaine, véritable passe-partout qui permet à l'imagination de se faufiler dans des espaces autrement inaccessibles. Derrière une petite haie de buis et de mûres on devinait une piscine vide, au fond de laquelle traînaient des feuilles mortes. Un crapaud sautillait sur le rebord. Puis on marcha le long de la rivière. Geneviève m'emmenait vers le barrage où nous avions eu si peur, Jean et moi. Les remous tumultueux de la Garonne, les rebonds, les tourbillons confus, le flux infini, tout cela chantait et murmurait à présent dans une langue secrète. On ne s'assit pas ; on avançait au ralenti. En silence. Je m'enfonçais dans le moment présent. Comme si elle avait lu dans mes pensées, Geneviève s'exclama soudain : « Et si on montait au château ? Ça te dit ? » Son ton n'appelait pas vraiment de réponse. J'acquiesçai l'air grave. Geneviève m'indiqua le chemin qu'elle empruntait lorsqu'elle venait ici. Il passait au pied de la route, sentier étroit invisible pour un quidam.

À l'encolure de son tee-shirt, je devinais un coup de soleil dans le dos. On ignorait la crème solaire en ce temps-là. Plutôt que de se protéger sagement, on s'exposait longuement. C'était à qui aurait la peau qui pelait le plus vite. Les moustiques attaquèrent à mi-parcours, ils étaient très nombreux dans le Pujo. Chaque été, on leur menait une guerre impitoyable ; ma grand-mère avait près de son lit une tapette gaufrée en plastique bleue qu'elle abattait contre le mur. Cela amusait les filles qui applaudissaient. Je voyais Geneviève donner des tapes sur son épaule de temps à autre et soulever la bandoulière de son sac qui lui collait à la peau. Tandis que nous avancions, la chaleur moite de nos corps attirait les bestioles agaçantes comme une lumière les insectes nocturnes. De hautes fougères se penchaient, presque amoureusement, alourdies par leur poids ; on faisait trembler ces palmes d'un autre temps. Les fils de quelques toiles d'araignées dessinaient des architectures délicates, si vastes qu'on n'en voyait pas la fin ; peut-être étions-nous au centre de ces immenses toiles qu'on déchire en franchissant une frontière interdite et invisible dans la forêt sacrée des contes. On entendait le chant répétitif et nostalgique du coucou. Un appel solitaire lancé dans la nature.

La première chose que je vis me déçut. Sur le terre-plein, il y avait d'autres constructions dont une grande bicoque, plutôt pataude, haute de trois étages, assez large. Par une ouverture, nous aperçûmes une chambre où s'entassaient lampes, casseroles, blocs de parpaing, truelles ; une bâtisse en travaux abandonnée. Puis le château parut – imposant sans être écrasant. D'une sobriété classique française, en pierre de taille, les angles découpés en biseau. Sur le perron, au-dessus de la porte d'entrée, une date gravée dans la pierre : 1524. Certaines parties semblaient plus anciennes. J'avisais les deux tours visibles depuis la vallée et le lac, l'une carrée, l'autre ronde. Le château était fermé. Portes et volets clos. À moins de forcer les lieux, il n'y avait aucun moyen d'entrer. Cela faisait drôle d'en être si proche à présent.

Je fis signe à Geneviève, elle me suivit. Son bras effleura doucement le mien. Dans l'embrasure d'une palissade peinte en vert, un grand jardin. Probablement celui dont elle nous avait parlé. Les choses naissaient à la pointe du regard et sous les doigts. « On y va ? » Elle n'eut pas besoin de le dire, ses yeux parlaient d'eux-mêmes. Une chouette hulula, je pris cela pour un encouragement. La brume matinale cotonneuse émoussait les contours et absorbait les choses peu à peu. Je pensai à Jean sur le tracteur avec son père. Je me dis qu'il aurait adoré être avec nous. Encore que je n'en étais plus très sûr. Je me réjouissais secrètement de son absence et cette pensée me troubla.

Geneviève m'appela. L'entendre prononcer mon prénom me fit un curieux effet. Elle venait de découvrir un peu plus loin un vieux mur en pierre sèche, ne tenant que par des jeux d'équilibre subtils, sans enduit ni ciment. Prenant appui sur les pierres les plus stables, on put se hisser et grimper. Il n'y avait pas de morceaux de verre concassé sur le rebord mais des nœuds de ronces. Geneviève les écarta délicatement pour se faufiler. L'une d'elles, plus souple que les autres, se rabattit sur son épaule. Elle poussa un petit cri. Une éraflure rouge parut ; une perle de sang brilla.

Le jardin, qui n'était pas large, s'étendait en profondeur. On longea la partie surplombant la route. Ce lieu avait une odeur différente de celle que je sentais partout ailleurs. Dans la vallée, c'étaient des odeurs de foin ou celles que dégagent la chaleur sèche du soleil sur les pierres plates, l'humidité des bords de rivière. Ici, des senteurs de plantes aromatiques, une forte brassée de sauge, aux relents d'anis, une puissante odeur de lauriers sauvages. Même sec, le laurier sentait le poivre. Il y avait des touffes d'orties, un cerisier dont les fruits étaient tombés à terre, puis avaient été rongés, grignotés par d'invisibles et patients insectes. Personne ne les cueillait. Cela faisait une énorme tache rouge sombre. Le long cycle de la nature se déroulait ici sans témoin. Geneviève semblait heureuse, comme si elle vivait un rêve ancien. Elle regardait de tous les côtés à la fois, émerveillée. On frôla une statuette de la Vierge enfant en albâtre. Puis une serre avec sa belle ferronnerie ouvragée, de taille modeste dont le bas de la structure était en briques rouges. L'ensemble évoquait la croisée d'ogives d'une cathédrale. Une girouette occupait le sommet. En fait de serre, je ne connaissais que la serre tropicale du jardin des Plantes avec sa haute armature métallique, ses bassins de poissons multicolores, ses chemins encombrés de végétation où l'on s'attendait à voir surgir la charmeuse de serpents du Douanier Rousseau. Rien ne m'avait préparé à tomber sur cet endroit insolite. Le fond du jardin, n'est-ce pas le lieu le plus ancien de la mémoire ?

Geneviève ouvrit la porte. La poignée grinça. Une odeur de terre et de moisissure nous saisit. La chaleur était étouffante. Il y avait là des rangées de pots de fleurs fanées, disposés sur des planches de bois en hauteur. On devinait des crocus, des bleuets, des chrysanthèmes. Tout avait l'air mort, abandonné. Elle effleura les plants rabougris de tomates dont les tiges tombaient au sol comme du papier froissé. Je vis une grosse fourmi grimper sur un tuteur de guingois.

C'était étrange d'être ici, hors du temps.

Geneviève se retourna soudain et planta son regard dans le mien. Elle fit un pas vers moi. Cette longue journée nous avait peu à peu poussés l'un vers l'autre. Je posai mes mains sur ses épaules.

Elle se rapprocha et avant que j'aie pu comprendre quoi que ce soit, elle m'embrassa fougueusement, sa langue cherchant nerveusement la mienne.

La Garonne roulait en contrebas, dansant au-dessus des cailloux.

Nous sommes redescendus par le petit chemin. Intimidés par ce qui s'était déroulé une heure plus tôt. On marchait côte à côte silencieusement. Il y avait quelque chose de beau et de grave dans l'atmosphère. Ce long silence n'était pas vide, il bruissait d'interrogations multiples. Je la regardais, admiratif de cette beauté d'autant plus idéale qu'elle était réelle, j'étais fier, heureux à n'en plus finir. Une petite inquiétude, tel un ruisselet invisible, serpentait pourtant doucement dans mon cœur qui battait dans un plein de sang chaud. J'ignorais si nous étions « ensemble ». On ne se tenait pas la main comme le font les amoureux, elle ne semblait pas rechercher ce contact. Tout s'était déroulé là-haut et peut-être, me dis-je le temps d'un éclair, tout y était resté. L'idée fugace mais violente me traversa l'esprit qu'elle m'avait choisi à cause du lieu.

Je n'avais pas la moindre idée de ce qui allait se passer les jours suivants. La revoir sans doute, mais de quelle façon ? Ne risquais-je pas de briser ce qui n'existait pas encore ? Il nous arrive d'engager une histoire pour vérifier l'existence d'un rêve entraperçu, au risque de le détruire en lui donnant une consistance. Mais tout s'entremêlait alors inexplicablement et sans un mot. Encore ivre de sensations nouvelles, le cœur embrasé, et par instants mortellement glacé, j'errai le lendemain dans le village. Ma mère s'étonnait de ce que je ne voie pas mon copain deux jours d'affilée. Discrètement, elle chercha à savoir si nous nous étions disputés. Je traînais devant des vitrines sans rien regarder, je reprenais *Le Dernier des Mohicans* dont je recommençais à plusieurs reprises la même page, sans savoir au bout du compte ce que je lisais. Je n'éprouvais plus le besoin impérieux de faire des sprints à vélo, de souffrir en montée et d'ouvrir ma poitrine dans les descentes pour accélérer encore. Quoi que je fasse, je revoyais son visage près du mien.

À table, le soir, mes sœurs me trouvèrent « bizarre ». Je ne répondis pas, me contentant de regarder la Garonne défiler devant notre petite terrasse, particulièrement lisse, une ondine ondoyante. Margaux, saisie d'une intuition, comme seuls les enfants peuvent en avoir, s'exclama soudain : « Il a des yeux bleus, il est amoureux ! » Elle répéta cette phrase de gamine plusieurs fois de suite et Sophie l'imita. Ma mère leur dit d'arrêter de m'embêter, tout en me jetant un regard à la dérobée. « François, ça va mon grand ? »

Je me demandais qui prendrait l'initiative de contacter l'autre et comment. Au troisième jour, n'y tenant plus, j'enfourchai ma bicyclette et me rendis là-bas. J'avançais prudemment, comme si je craignais de modifier quelque chose dans le paysage de ce premier amour. Payant mon tribut aux vestiges gallo-romains, au profil tendre et majestueux du pic du Gar, au lac et à ses pédalos, je regardais chaque élément pour m'assurer que tout était à sa place. Quand j'arrivai devant la ferme, Geneviève gardait le troupeau dans le pré. Elle avait les cheveux enroulés un peu n'importe comment et tenait son cahier sur lequel elle écrivait. Elle me vit et s'arrêta net, presque stupéfaite. Mon cœur battait la chamade. « Il t'attend tu sais », furent ses premiers mots. Je la considérais sans comprendre. Voyant mon air légèrement ahuri, elle précisa : « Jean, ton copain. Ça fait deux jours que tu ne viens pas. » J'inclinai la tête, retenant surtout la dernière partie de sa phrase. Je balbutiai quelque chose et, dans un élan irréfléchi, je me rapprochai pour l'embrasser. Elle eut une hésitation et posa un doigt sur ma bouche. Voyant ma mine déconfite, elle marqua un temps et souffla à mon oreille cette phrase si romanesque : « Retrouve-moi demain matin dans le jardin du château. » Puis, comme si de rien n'était, elle reprit son petit cahier. Je m'éclipsai, mi-heureux, mi-triste. Que se passerait-il demain matin au jardin dont nous seuls connaissions l'entrée dérobée ? Ces derniers jours, tout me déstabilisait ou au contraire me rendait plus solide. Un soleil chaud brûlait dans le ciel. En moi se disputaient des giboulées de mars ; il pleuvait dru puis il gelait à pierre fendre, le soir tombait, vingt minutes plus tard, l'horizon se dégageait, laissant place au ciel bleu.

Lorsque j'arrivai au lieu habituel, je sentis aussitôt que quelque chose avait changé. Ou était-ce moi qui voyais tout différemment ? Ce rendez-vous m'ennuyait, il me semblait absurde et un peu grotesque. Nos exploits d'antan et nos découvertes devenaient de lassantes coutumes. Jean se retenait à une branche, au-dessus du courant, le regard dans le vide. Il me dit d'un air faussement détaché, « Ah, salut. » Aucun de nous n'évoqua les jours précédents. Je me fichais éperdument de savoir ce qu'il faisait avec son père paysan ; il désirait sûrement savoir comment nous avions passé l'après-midi Geneviève et moi. Je conclus de ses silences interrogatifs qu'elle ne lui avait rien dit, ne sachant s'il fallait voir là un signe de connivence ou d'indifférence.

J'avais appris toutes sortes de choses en grandissant : me brosser les dents, faire mes lacets, nager, compter les chiffres romains d'une horloge, tenir sur un vélo sans tomber. Aimer ne s'apprenait pas et nous laissait aussi démunis que de naître.

J'aurais voulu lui faire comprendre combien sa sœur était magnifique et importante. J'éprouvais cet élan spontané du cœur où amour et amitié rivalisent sans violence, telles deux forces convergentes. Quelque chose me retenait de parler. Jean me proposa brusquement de faire notre pont au-dessus de la rivière pour passer de l'autre côté. Ce grand rêve de nos premiers étés. Il avait un sourire narquois, pincé, attendant de voir ma réaction. Je ne relevai pas. J'avais l'impression qu'on tournait en rond dans un paradis contaminé. Après avoir donné un grand coup de pied dans une souche d'arbre pourri, il décréta qu'il devait rentrer pour aider son père à la ferme. Je traînai encore un peu, cherchant quelque chose qui n'était plus là parmi des ombres et des traces.

Tout ce rêve de cabane et de nature sauvage avait vieilli. En repassant devant la maison abandonnée, je pensai à nos jours ensoleillés. Après cela, nous ne sommes plus jamais venus ici ensemble.

Je l'attendais près de la serre, m'étant instinctivement rapproché du lieu de notre premier baiser. Elle arriva en retard, aussi ai-je eu le temps de me torturer l'esprit et de m'égarer en mille interprétations. Quand elle parut, elle souriait, les yeux pétillants. Elle affichait un air décidé et heureux. Je comprenais vaguement vers quoi nous allions. On s'allongea sur une serviette qu'elle avait apportée, près du laurier.

Il me reste de cette matinée des souvenirs terriblement précis qui se perdent pourtant dans une profusion de gestes, d'ébauches sensuelles, timides et infinies. Plus on s'embrassait langoureusement et plus il me semblait que nos corps grandissaient, sortant presque de leurs enveloppes étroites. La tête nous tournait ; nous étions chacun ivres de nous-mêmes et de l'autre, avec cet égoïsme solaire de deux adolescents qui s'aiment. Nos doigts s'enlaçaient, se cherchaient, se perdaient. Je l'embrassai longuement, puis elle me repoussa délicatement. Elle avait les joues en feu et c'était comme découvrir les reflets d'un incendie. Elle me regarda drôlement. Geneviève se mit à dégrafer sa robe. Sa main prit la mienne, je frôlai ses cuisses et touchai son ventre blanc, doux et lisse. Sans que je m'y attende – pourquoi m'aurait-elle parlé de quelque chose de si intime ? – mes doigts effleurèrent une cicatrice. Je ne dis rien, sentant son léger malaise, troublé pour ma part. Nous étions allongés sous ce laurier dont les feuilles sèches et piquantes ressemblaient à de petits morceaux de tôle découpée. Elle s'approcha de mon oreille et susurra dans un souffle : « Tu l'as déjà fait ? » Je dis aussitôt : « Oui. » C'était faux. « Moi c'est la première fois », elle parlait de tout avec une sincérité confondante. Je fus encore surpris, à mes yeux elle appartenait au monde adulte. Sentant le moment arriver, je dégrafais mon pantalon, allongé à côté d'elle, mais comme paralysé. Mon désir se brisait sur mon émotion et ma bravade de vantard. Je découvrais son corps, beau et fragile. Quand nous reprîmes nos baisers, j'avais la bouche sèche, craquelée. Avec une soudaine maturité, comprenant tout d'une vie en une seule fois, Geneviève défit son chignon et se pencha, la pointe de ses cheveux me chatouilla. Elle roula sa langue contre mes épaules, mon cou, mon oreille et brusquement nous fûmes enlacés. Ce fut vif, ardent, sûrement trop bref ; mes yeux brillaient, elle sourit en regardant tendrement le ciel.

En redescendant, je lui tenais la main. Puis elle se défit lentement de mon étreinte, comme un poisson se faufile entre les doigts et elle retourna à la ferme en me saluant du regard.

Alors débuta une période de tourments et de craintes dont j'ignorais qu'elle fît partie de l'amour. Je ne sais plus combien de temps elle dura. Une semaine. Moins ou plus. Pour moi, ce fut une éternité. J'avais beau venir chaque jour, je ne vis ni Geneviève ni Jean. Tel un chien perdu, je me mis à errer autour de la ferme de Gesse avec ma bicyclette, le cœur battant dès que j'approchais. Il n'y avait personne, à part ces maudits « clebs », comme on disait, qui aboyaient sans s'arrêter. Après cette matinée cruciale, Geneviève s'était évaporée. Je crus avoir rêvé jusqu'au décor étrange où notre étreinte avait eu lieu. Sa disparition demeurait incompréhensible ; elle réveilla en moi toutes sortes d'idées sombres. Je l'imaginais déçue de ma maladresse amoureuse, dépitée de m'avoir montré le secret de sa cicatrice, retenue dans la ferme par son frère jaloux. Aucun de ces scénarios ne tenait la route.

Je ne savais pas comment l'on composait avec l'absence de l'autre. Parfois, après avoir tourné en rond dans notre repaire, je m'arrêtais sur le chemin du retour devant l'entrée de la carrière de marbre blanc. Je posais mon vélo dans les fourrés et me tenais là, face à l'antre d'où soufflait l'air glacé des profondeurs. J'attendais de voir les camions sortir, pleins de rage et de force. Je rêvais de descendre à bord de l'un d'eux vers les tréfonds de la terre, cheminant dans les boyaux de quelque Tartare ; si Geneviève s'y était égarée, j'aurais pu aller la chercher au cœur de la nuit souterraine.

Le tube disco de cet été-là, *Vamos a la Playa*, jouait en boucle lorsqu'arrivèrent les festivités du 15 août. Il jaillissait de façon brève et impromptue d'une voiture ou du juke-box de *La Terrasse*. Ce morceau m'exaspérait, comme une scie musicale. Tout en lui me parlait de vacances heureuses et simples au soleil. Je m'en détournais dès les premières mesures. Puis je me ravisai. Peut-être que Geneviève l'appréciait, même si cela détonnait avec le peu que je savais d'elle. J'ignorais si cela m'aurait déçu ou si ça n'aurait pas plutôt été le signe tangible et rassurant qu'elle appartenait bien à ce monde.

On avait beau se moquer gentiment de la fête du village en haussant les épaules – après tout ce n'était qu'une occupation pour les plus jeunes ! –, chacun l'attendait. On savait pertinemment qu'après nous passerions à autre chose.

La « rentrée des classes » arrivait déjà, la supérette du coin affichait de nouveaux cartables, des cahiers en promotion. D'autres glosaient sur la « rentrée politique », la « rentrée syndicale », la « rentrée littéraire ». La rentrée évoquait tout un monde suranné d'ardoises et de craie, de pots de colle aux senteurs d'amande, de marronniers en automne. Il me semblait entendre quelqu'un siffler brutalement la fin de la récré. Le monde vieillissait d'une année sur l'autre dans les quinze derniers jours du mois d'août.

La chanson que chantonnait ma mère pour les filles, en leur peignant les cheveux, me trottait dans la tête.

Colchiques dans les prés
Fleurissent, fleurissent…

Le village vivait avec un orgueil touchant son heure de gloire. Toute la région se donnait rendez-vous pour la fête de Saint-Béat, on aimait à le penser. Nous étions, le temps d'une longue nuit, le centre géographique des environs, et plus que cela. Des voitures venaient de Lez, Eup, Marignac, Luchon, Saint-Gaudens, certaines aussi d'Espagne. Elles étaient garées le long de la Garonne en une file interminable. De belles jeunes filles brunes apprêtées qu'on ne voyait jamais, d'autres boutonneuses, boulottes, des grands-pères, leurs petits-enfants, des couples mariés, des célibataires, tous défilaient comme si l'on était dans quelque ville méditerranéenne à l'heure du paseo ou de la passegiata. Il y avait même des bouchons dans la grande rue, quelques coups de klaxons et des appels de phares à l'entrée du village. Devant *La Terrasse*, une petite troupe avait installé le manège arrivé la veille dans un long camion gris métallisé. On vit apparaître des stands de sucreries, de poupées, l'inévitable pêche aux canards, plus loin le terre-plein municipal dédié aux concours de pétanque et le stand de tir à la carabine. Des lumignons furent accrochés dans les arbres du square, où le bal aurait bientôt lieu. Il y avait dans l'atmosphère quelque chose qui se détendait et se crispait.

Ma mère nous emmenait habituellement faire un tour puis elle me confiait deux billets avec lesquels mes sœurs s'en donnaient à cœur joie, se précipitant d'un stand à l'autre. Margaux et Sophie me faisaient acheter des choses inutiles, poupées espagnoles à castagnettes, cahiers de mannequins à habiller, colliers de perles brillantes en toc. On ne rentrait jamais à Paris avec ces babioles dont l'intérêt résidait dans l'occasion – ce moment, ce lieu –, mes sœurs n'insistaient pas beaucoup pour les rapporter, pressentant qu'une fois le seuil de notre appartement franchi ces joujoux redeviendraient des choses encombrantes à ranger. On commentait entre nous, à la fin de l'été, les mouvements des vacanciers, misant sur ceux qui reviendraient, ceux qui s'envoleraient pour des destinations plus exotiques, encore que dans notre jeunesse le monde voyageait assez peu.

La mort et la disparition n'occupaient pas les esprits d'alors. Nous étions si innocents, si naïfs, quand j'y repense. On entendait parler d'une crise pétrolière, les Trente Glorieuses prenaient fin, mais cela ne nous affectait pas réellement. Les bruits du monde extérieur au périmètre défini par Luchon, Saint-Béat, Lez et le Val d'Aran nous parvenaient atténués, à peine existaient-ils. Cet été-là, il fut surtout question de l'intervention militaire de la France au Tchad. Mais je me fichais de tout cela, je n'avais qu'une obsession en tête.

Le bal commença vers vingt et une heures. Mes sœurs, à la fenêtre depuis la fin de la journée, regardaient les passants, piaffant d'impatience. Il avait fallu les accompagner dans l'après-midi pour découvrir les stands encore fermés. Dès que le signal du départ fut donné par notre mère, Sophie et Margaux dévalèrent les marches sous le rire de Granny qui restait à la maison. Dans la rue, elles me tirèrent par la main pour repasser devant les camions clinquants où j'entendais encore cette maudite musique de l'été. Elles croquèrent, selon leur habitude, une pomme d'amour laquée de rouge qui se dégustait à la manière d'une glace. Nous nous sommes installés sur le pont pour avoir le meilleur point de vue sur le feu d'artifice. Je scrutai la foule amassée, tous les regards étaient tournés vers le ciel. Mes sœurs applaudirent à tout rompre quand cela débuta. Cette année, il fut tiré près de l'église, derrière la statue blanche de la Vierge, surplombant le village. Je vis dans leurs yeux écarquillés des lueurs incendier le ciel de Saint-Béat. J'enviais cette innocence que j'avais perdue.

La situation encaissée du village amplifiait la déflagration des pétards et des fusées sifflantes, leurs échos rebondissaient entre les parois montagneuses. Lors du bouquet final, les fusées argentées crépitèrent longuement dans la nuit. On aurait dit des milliers de confettis jetés simultanément de là-haut. Puis la foule se dispersa lentement, près du pont ; des voitures démarrèrent, certains rentraient chez eux.

Mes sœurs étaient surexcitées à l'idée de pouvoir veiller plus tard qu'à l'accoutumée. Nous nous rapprochâmes du square devant lequel trônait la statue du général Gallieni, né dans ce village. Elle était grisâtre à l'époque. La pénombre rendait presque mystérieux le « sauveur » de la France comme le stipulait la plaque de marbre, héros des taxis de la Marne, par ailleurs sinistre personnage au temps des colonies françaises. Le bal s'ouvrait traditionnellement par les bourdonnements de l'accordéon et les flonflons. Des couples se levaient, ils engageaient des pas de deux sous l'œil amusé des petits qui regardaient leurs parents danser. Le chanteur encouragea tout le monde au micro, sachant qu'il céderait la place au groupe de rock, très attendu, d'ici une petite heure. Je n'avais aucune envie de danser. La deuxième partie de la soirée débuta. Le public trépignait et sautait sur place en levant les bras dès que retentissait un de ses morceaux favoris. Il n'y a pire solitude que celle qu'on éprouve dans une foule en liesse, comme si le monde entier s'unissait pour vous abandonner. Avec mon premier amour, je découvrais un premier fantôme, j'étais seul à le voir, à le sentir partout. Il se faufilait parmi les danseurs et les danseuses, laissant un souffle froid derrière lui. Prétextant un rendez-vous avec mon copain, je quittai brusquement ma mère et mes sœurs et, fébrile, j'entrepris de la chercher. Quand je repassai devant les stands, la fête me sauta au visage. Je la trouvais criarde et laide. Une vaste mascarade. Des rivières de chocolat écœurantes ruisselaient dans de mini-fontaines où l'on pouvait, moyennant quelques pièces, tremper un gobelet. Ailleurs, l'inévitable barbe à papa. Une femme lourdement maquillée, traits tirés, faisait machinalement tourner un bâtonnet dans une bassine remplie de sucre et de colorant rose. Des gamins allumaient de gros pétards – des « Mammouths » – et partaient en courant. J'entendais des hurlements puis les vociférations des bonimenteurs, là où j'avais perçu dans mon enfance de la joie et des rires. Dans un curieux égarement de l'esprit, j'interprétais les propositions qui m'étaient faites de tirer à la carabine ou de frapper sur un gong avec un marteau comme autant d'épreuves initiatiques.

Je rentrai vers minuit, bredouille, fatigué, la tête vide. Geneviève n'était nulle part, pas même au bal. Après tout elle était peut-être restée à la ferme. La maison était silencieuse, seul l'écho de la fête résonnait dans le couloir du bas. Tout le monde dormait à poings fermés.

Le lendemain matin, après le petit-déjeuner, je traînai encore dans le village. Le démontage des stands avait débuté. Il y avait des confettis soigneusement balayés et entassés au bord du trottoir. Je donnai un grand coup de pied dedans.

Saint-Béat se dépeupla les jours suivants. Des voitures de vacanciers, chargées à bloc, repartirent en début de matinée pour la capitale ou autres lointains. Mes sœurs tannèrent ma mère pour aller en Espagne à Bossòst, à quelques kilomètres de là. Ce fut leur dernière sortie. Je refusai de les accompagner, cela n'avait aucun intérêt à mes yeux. Je connaissais par cœur le programme : boire une limonade, aller d'une boutique de souvenirs à l'autre, acheter des churros et autres fariboles. Autant de manière de retarder le pincement au cœur du départ. La Garonne de ce côté-ci de la frontière s'élargissait, son cours devenait plus tranquille. Pour moi, la vraie Garonne coulait ailleurs.

Il fut décidé que je rentrerais en train de mon côté puisque Granny accompagnait à Paris ma mère et mes sœurs pour revoir une vieille cousine. Pour la première fois, je resterais seul dans notre maison de vacances. C'était aussi enivrant que troublant, vu mon état de bouillonnement intérieur. Je m'étonnais que personne ne s'en soit rendu compte. La tempête sous un crâne laissait le monde extérieur indifférent. Ma mère, qui me connaissait bien, devinait sûrement mes tourments silencieux. Nos échanges devenaient plus difficiles, moins fluides. Je ne lui racontais plus mes journées, comme j'avais coutume de le faire. Un soir, j'entendis dans le couloir du premier une discussion à voix basse entre Granny et elle. Ma grand-mère disait : « C'est un âge difficile, souviens-toi comme tu étais. »

J'agitai tristement la main lorsque la voiture démarra, un autre adieu en tête. Les filles m'envoyèrent de gentils baisers par la vitre arrière, en soufflant sur le bout de leurs doigts. Margaux me tirait la langue puis m'adressait un grand sourire. Le lendemain, je repris mes séances d'entraînement solitaires contre le mur du tennis. Je tapais de toutes mes forces, coups droits et revers, coups droits et revers. J'essayais d'oublier tout le reste. Mon train partait dans quelques jours et je m'en voulais presque d'avoir eu une enfance. D'avoir cru à des rêves, d'avoir bâti des châteaux de sable. Geneviève m'apparaissait en pensée, tel un personnage de conte ; elle m'avait enchanté et s'était évanouie.

La piscine se vida de jour en jour et le son de ma balle sonnait résolument creux. Il faisait écho aux bruits lancinants de la scierie de marbre qui résonnaient dans la vallée. Là-bas sous des hangars de tôle, de longues plaques de marbre et d'onyx s'entassaient à la manière d'énormes volumes que personne ne lirait jamais. Des tas de poudre blanche, sans doute du marbre concassé pour on ne savait quel emploi, s'élevaient en pyramides de tailles inégales. Une odeur bizarre de craie flottait un peu partout jusqu'à l'orée du bois.

Geneviève reparut contre la grille du tennis, l'avant-veille de mon départ, comme si elle se réincarnait sous mes yeux. Ses cheveux relâchés avaient doré au soleil de l'été en délicieuses bouclettes. Elle portait un short et tee-shirt blanc. J'avais une terrible envie de lui dire que je l'aimais, au lieu de quoi je lui fis ostensiblement la tête. J'étais heureux, apaisé de la revoir et presque déçu qu'il ne lui soit rien arrivé d'exceptionnel, justifiant cette cruelle et longue absence. Je continuais de jouer en l'ignorant. Plus je m'entêtais dans ma fâcherie, plus j'en souffrais. Je ne savais pas comment sortir de cette situation sans perdre la face ni la décevoir. Elle me proposa un rendez-vous le soir même vers dix-neuf heures. Nous serions tous les trois.

« C'est une surprise », dit-elle avec un sourire énigmatique. J'accueillis ces deux nouvelles : elle m'invitait et Jean serait là.

Le soir même, j'enfourchai mon vélo. Le ciel se couvrait de nuages noirs. La nuit avançait à pas de loup. Ignorant les recommandations familiales, je fonçai depuis la maison jusqu'au chemin de Rapp sans ralentir. Ils m'attendaient, tranquillement, devant le champ de Gesse. Un peu essoufflé, je jetai mon vélo dans le premier bosquet. Jean me dit « Salut » en me serrant la main. Il avait un air différent, moins hostile que ces derniers temps, j'attendais de voir la suite. Geneviève m'embrassa sur les joues comme on embrasse une connaissance. Je luttais intérieurement, humilié de redevenir un simple ami, le meilleur copain de son frère. Ou était-ce de la pudeur en sa présence ? Leur complicité était manifeste. Comment avais-je pu ne pas la voir plus tôt ? On aurait dit deux conspirateurs ayant mis la main sur quelque chose. J'imaginais qu'ils avaient parlé de moi. Je cherchais des yeux Geneviève, elle me souriait, sans arrière-pensées, tenant un panier en osier recouvert d'une nappe à carreaux. J'entendis de vagues bruits de verres entrechoqués. « Par là », dit-elle en désignant le château.

On emprunta la voie royale, le grand chemin qui partait au bas du Pujo après le panneau de chasse. Jean rayonnait, les jours sombres s'étaient évanouis. Plus il avait l'air heureux, plus je m'assombrissais, sa joie me perçait le cœur.

C'était le 27 août 1983. La télévision annonçait la fin du conflit au Tchad.

La nuit avait installé ses quartiers autour du château. Jean nous invita à monter sur le perron. « Regarde », me dit-il simplement et, comme un prestidigitateur qui sort un lapin blanc de son chapeau claque, il extirpa de sa poche une longue clef. Elle étincela sous la lune montante. J'en étais bouche bée. Il la fit tourner dans la lourde serrure à trois reprises, on retenait notre souffle, puis il poussa la porte du plat de la main. Il s'effaça pour nous laisser entrer, maître des lieux d'un soir. Je ne sus jamais comment il se l'était procurée.

Geneviève regarda autour d'elle, visiblement nerveuse. Elle désigna un couloir sombre qui s'enfonçait vers une grande salle à manger. De son côté, Jean avait trouvé le tableau électrique. On se considéra tous les trois, hésitant sur la marche à suivre. On convint de ne pas allumer de lumière. Geneviève décréta plus mystérieux de dîner dans le noir avec des bougies. Pendant ce temps, je regardais Jean avec admiration, sentant revenir notre amitié. Il avait dû préparer son affaire, en douce, avec la complicité de sa sœur.

Au milieu de la salle à manger, une grande table de chêne. Une odeur de cire patinée imprégnait l'atmosphère. Jean ouvrit les volets d'une fenêtre donnant sur la montagne, particulièrement majestueuse dans la nuit. De minuscules pâturages brillaient au loin sous la lumière pâle de la lune. Geneviève se tenait entre Jean et moi. Je sentais qu'elle avait froid à la peau granuleuse de son bras. Il la prit par la main et esquissa avec elle un pas de valse dans ce salon désert. Puis nous avons traversé un salon plus petit recouvert d'un tapis de laine écrue. Des tentures rouge et or étaient appendues aux murs près de gros coffres aux fermoirs compliqués. Il y avait là deux fauteuils posés devant un vaste poste de télévision, comme il s'en faisait alors.

« Venez ! Venez ! », sa voix nous parvint d'en haut. Nous devançant, Jean avait déjà avalé quatre à quatre les marches menant au premier étage. Geneviève et moi nous sommes approchés de l'escalier. Soudain elle se colla contre moi et m'embrassa à pleine bouche. Elle prit ma main droite et la fit glisser furtivement sous son chemisier, je sentis ses tétons puis l'on se défit de cette étreinte électrique interdite. Je me demandais si Jean avait vu quelque chose. Par miracle, Geneviève redevenait celle que j'avais connue dans le jardin. Avec cette sorte de superstition qui nous attache aux commencements, j'en vins à prêter un pouvoir magique à ce château, haut lieu de son désir.

Jean se tenait dans le couloir, fier de sa découverte. Des toiles étaient accrochées aux murs, comme dans un musée, des portraits d'ancêtres qui semblaient nous toiser, des paysages champêtres variés. Geneviève s'approcha d'une petite aquarelle qui représentait une barque vide, probablement une jonque orientale. L'artiste avait suggéré l'élan des roseaux sur la rive en quelques traits vifs à l'encre de Chine. Geneviève scrutait l'image comme si elle y cherchait un détail, puis elle se détourna et nous reprîmes notre exploration. En maître de cérémonie, Jean ouvrait les portes des chambres. J'imaginais celle des parents, des enfants, des amis peut-être. On frissonnait un peu à regarder des vies qui n'étaient pas les nôtres. Dans l'une, l'on vit une coiffeuse recouverte d'une plaque de marbre, veiné de rose, sur laquelle étaient sagement alignés des peignes en ivoire. Au deuxième étage – et nous n'étions pas au bout de nos surprises –, je notais des marionnettes de bois peint accrochées au mur. Figures de princesses, de princes, de brigands. Elles me rappelaient celles du jardin du

Luxembourg de Robert Deshartis, réalisées dans les années 1920 ou 30, que j'allais voir dans mon enfance, le mercredi après-midi. Guignol et sa calotte noire, la belle Madelon, Gnafron, le philosophe anarchiste, rougeaud et mal rasé.

Nous sommes redescendus et avons ouvert une des bouteilles de vin blanc que Geneviève avait apportées. Nous étions souriants, radieux, pour des raisons peut-être différentes.

L'orage éclata vers onze heures du soir. Nous n'avions pas vu le temps passer. Dans une soucoupe de porcelaine des morceaux de cire rouge durcissaient autour des bougies. Je n'avais rien mangé de la journée, la faim, les émotions des jours précédents m'épuisaient. Geneviève déambulait dans les chambres du bas. Jean s'était endormi dans un fauteuil, la bouche entrouverte, abruti par les mélanges. Pour ma part, je n'avais fait que tremper mes lèvres dans le verre de Geneviève. Le vin blanc m'avait donné mal à la tête. J'avais un nœud à l'estomac comme lorsqu'on est incapable d'intervenir sur les circonstances.

Elle s'était mise à danser toute seule au son d'un orchestre imaginaire. Je la regardais tournoyer, semblable à une toupie qui a perdu son élan et commence à trembloter avant la chute inévitable. Elle se rapprocha et me dit : « Allez, sois pas comme ça ! Allez quoi, viens. » Elle me tirait par la main. Mais ce n'était plus elle. Je la suivis au deuxième étage, elle tituba jusqu'au troisième, poussa une porte et s'affala sur un grand lit, le sourire aux lèvres, les bras en croix, prononçant des mots incohérents. Sa poitrine montait et descendait au rythme de sa respiration oppressée ; elle ronflait doucement. Je restai à ses côtés, attendri, inquiet, décidé à veiller sur son sommeil. J'avais peur qu'il ne lui arrive quelque chose. Lorsque les premiers coups de tonnerre éclatèrent, je sursautai. C'étaient d'énormes craquements, le ciel se brisait en mille morceaux. Des fragments aveuglants d'éclairs apparurent derrière les volets clos ; j'ouvris une fenêtre, la vallée était éblouie, pâle comme un linge. Et la nuit opaque retombait aussitôt.

Geneviève dormait en boule, lovée sur elle-même à la manière d'un chat merveilleux, indifférente à ce vacarme extraordinaire. Je descendis les marches en courant, Jean dormait lui aussi à poings fermés. Un véritable déluge s'abattait dehors, des rafales de vent et de pluie tombaient de toute part sur la toiture du château. On entendait des bruits secs, durs, métalliques, des souffles, des grincements d'huisseries, des ruissellements d'eau interminables. Des volets extérieurs mal accrochés se mirent à claquer et je pris peur. Il me semblait que quelqu'un essayait de forcer l'entrée, ce qui me rappela notre situation d'intrus. Nous aurions pu être pris pour des voleurs. Je n'y avais même pas songé et soudain je me sentis coupable. Dans un effort ultime, je secouai Jean. Il s'agitait dans son sommeil et eut un geste agacé pour chasser une mouche. J'allais et venais, montais et descendais la bâtisse essayant de me rassurer, de me raccrocher à quelque chose de tangible, de connu. Près de la chambre où dormait Geneviève, je poussai une porte jaune donnant sur une salle de bains. Le sol était en lino vieillot, au milieu une grosse baignoire campée sur ses pieds. De l'eau tombait depuis la toiture endommagée, elle gouttait dans de vastes bassines en émail et des faitouts à terre. De gros flic-floc se succédaient à vive allure. Je fus troublé de découvrir la fragilité et l'ordinaire de ce lieu, ailleurs si solide, si noble, comme si tout se jouait dans cette fuite et sur ces murs craquelés d'humidité. Sans raison, je tentai d'ouvrir le robinet de l'évier qui grinça sans qu'aucun filet d'eau n'en sorte.

Le grondement d'un moteur se fit entendre environ une heure plus tard. Des portières claquèrent. Je m'étais finalement assoupi à mon tour près de Geneviève. Elle ressemblait à la petite fille qu'elle avait été, la mine un peu boudeuse, chafouine. Émouvante au cœur de cette nuit imprévisible. Les bruits extérieurs étaient réels pourtant, ils me parvenaient du tréfonds d'un cauchemar. Au bruit du moteur, je redescendis et secouai sérieusement l'épaule de Jean. Il râla, me considéra et ouvrit enfin de grands yeux, découvrant simultanément le château, la nuit, l'orage. «Tu fais quoi ?», me demanda-t-il curieusement. Revenant un peu à lui, il me suivit, on alla chercher Geneviève, la belle endormie. Jean essaya de la redresser sur le lit, en marmonnant des mots vagues qu'il avait encore du mal à articuler. N'y allant pas par quatre chemins, autant pour se réveiller lui que sa sœur, il lui administra une claque brutale qui retentit comme un coup de tonnerre. Geneviève fut plus surprise qu'autre chose et se plaignit aussitôt d'avoir mal à la tête.

Il me sembla entendre quelqu'un farfouiller à l'intérieur, peut-être dans une réserve de seaux et de serpillières au sous-sol.

Sans demander notre reste, nous partîmes, en repoussant la porte du château, filant sous des trombes d'eau. On prit le petit chemin abrupt sous le pont, le raccourci secret de Geneviève, devenu dangereusement glissant. Nos chaussures s'enfonçaient dans la gadoue. Je pensais : «Je vais me casser la gueule», et je me voyais basculer à la renverse sur la terre boueuse, dévaler la pente au milieu des ronces et des orties. Jean tenait fermement sa sœur par la main, elle ouvrait la bouche sous la pluie, elle riait étrangement, en se balançant de droite à gauche. Je n'avais pas mesuré à quel point elle était ivre. J'ignorais ce qui lui passait par la tête, ne comprenant rien à la tournure des événements. Geneviève s'abandonnait totalement, sans retenue. Elle se retournait, elle me regardait intensément, les cheveux trempés. Elle avait la beauté aveuglante de Méduse, un éclair de folie dans les yeux.

La vallée était méconnaissable, sillonnée de pluie. Avant qu'on ait pu décider quoi que ce soit, Geneviève était partie de son côté sur le chemin des Savins. Son sac tomba sans qu'elle s'en préoccupât, sa silhouette titubait au hasard entre les arbustes. Jean lui cria de revenir, elle poussa un cri de victoire sous la pluie. Sa voix fut balayée et ne laissa aucun écho. Elle courait toujours. J'entendis seulement cet appel aussi insensé que comique : « Allez ! On va se baigner ! » Jean partit pour la rejoindre, affolé.

Tout se mélangea. Le courant qu'on devinait à peine, masse sombre à la dérive, se chargeait de bousculer les pierres et les arbustes. J'avais du mal à distinguer Jean et sa sœur, leurs corps se détachaient au loin à la manière d'ombres chinoises. En m'approchant, je vis qu'ils se querellaient. Jean intimait à Geneviève d'arrêter cela tout de suite. Elle criait puis éclatait de rire, en lui lançant au visage « mon petit frère ! », cinglant comme une injure. Elle parvint à se défaire de son étreinte et s'élança vers moi. « Toi tu sais nager, François. Viens avec moi ! » Je vis de la haine dans les yeux de Jean. Il l'écarta et me repoussa violemment, me balançant un coup de poing brutal. Je répliquai moi qui ne m'étais jamais battu auparavant et voici que cela arrivait, là, sous la pluie, comme dans une mauvaise romance. Mais déjà Geneviève retirait ses chaussures et son pantalon. J'eus à peine le temps de l'apercevoir en petite culotte, sous la pluie battante, pieds nus sur une simple bande de terre. Comme quelqu'un qui vérifie la température de l'eau, elle trempa un orteil dans le courant noir. Le temps qu'on se relève, Geneviève se tenait en équilibre instable sur un gros caillou, elle regarda furtivement dans notre direction, et elle plongea, les deux mains croisées au-dessus de la tête. Nous avons hurlé d'une seule voix.

Elle partit dans le désordre de la nuit.

Jean eut un regard terrible. Je ne lui avais jamais vu ces yeux. Je me précipitai dans la rivière à mon tour, tout habillé. Il m'aida comme il put à résister à la pression du courant. Je tâtonnais autour de moi dans l'espoir fou de sentir la main de Geneviève s'accrocher à la mienne. L'eau me surprit par sa rage. Elle bouillonnait avec la furie d'un cheval au galop. La ligne basse de l'horizon se perdait dans l'obscurité parmi les branches. Jean me tira d'un coup sec en arrière, et nous partîmes en courant sur les berges du fleuve. Nous avons alors commencé la plus désespérée des courses. Chacun de nous hurlait le nom de Geneviève. Je donnais des coups à droite et à gauche pour écarter les feuillages. Victime d'une de ces hallucinations provoquées par la peur, je crus apercevoir une lourde chevelure flotter ; c'étaient des herbes emmêlées à une branche solitaire qui roulait au hasard dans l'eau. Parfois la rive se rétrécissait puis s'élargissait de nouveau. Une voix ou l'écho d'une voix nous parvint. À plusieurs reprises, je me cassai la figure, trébuchant sur des racines tordues, me blessant sur des cailloux invisibles.

Un cri, le sien, déchira soudain la nuit. Elle hurla le nom de son frère puis rien. Comme s'il avait reçu une décharge électrique, Jean accéléra. Mais il était impossible de savoir d'où venait cette voix, surgie de nulle part.

Il fallait être un ange pour pousser un tel cri.

Au bout d'un temps difficile à évaluer, le râle de l'orage diminua ; les grondements s'éloignèrent. Las, nous avancions sous un ciel nocturne presque sec. Il n'y eut plus que les reflets de la lune sur les flots tumultueux. On aurait dit qu'un énorme miroir s'était brisé en mille morceaux et que ses débris éparpillés scintillaient çà et là.

Nous étions allés si loin qu'on ne reconnaissait plus rien autour de nous. Depuis un moment déjà, nous avions dépassé le barrage, nous rapprochant, me semblait-il, de la voie ferrée, où passait le train de Marignac. Ce pays n'était pas le nôtre. Les bords sauvages de la rivière laissaient place à des alignements de hangars et de tracteurs recouverts de bâches. La Garonne paraissait bien différente ici où les rives étaient aménagées. Il y eut des fils barbelés solides, infranchissables, durs comme de la maille tressée. De gros boîtiers électriques vibraient sans arrêt, signe qu'on approchait d'un lieu dangereux où l'énergie venait des hommes et non plus de la nature. La Garonne se métamorphosait en un cours d'eau linéaire, lisse. Tout au bout se profila un chantier, où des étincelles de feu jaillissaient en gerbes désordonnées. On entendait des bruits obsédants de machines. Des cheminées se dressaient dans le ciel. Jean et moi nous sommes regardés, interdits, pétrifiés. Une même pensée sombre nous traversa l'esprit.

Nous suivîmes le cours de la rivière plus lentement, comme si le lieu nous imposait un rythme différent, presque envoûtant. Jean décréta qu'il fallait revenir sur nos pas, suggérant qu'on l'avait peut-être ratée, qu'elle était accrochée là-bas au bas d'une branche, grelottant de froid. Il faudrait récupérer ses vêtements, son blue-jean, ses chaussures, son sac. Sa main désignait notre point de départ. Il éprouvait le besoin impérieux de parler d'elle, sentant arriver quelque chose d'inexorable qui n'avait pas de nom.

Sans conviction, on rebroussa chemin. Nous étions si épuisés qu'on oubliait notre terreur. Il y a dans tout drame un silence effrayant.

Nous marchions presque au ralenti, pesamment, fouillant les derniers recoins comme si elle pouvait se cacher derrière une branche, sous une pierre. Nous avons fini par retrouver le lieu où Geneviève avait disparu. Par superstition sans doute, nous pensions que le point de départ nous permettrait de rembobiner les événements de la soirée un à un. J'eus l'idée absurde de monter au château ; je gardai cette pensée pour moi. Nous nous sommes affalés sur la petite plage, chacun de notre côté, tandis que l'eau dévidait son cours imperturbable.

Je la haïssais cette rivière où la mort œuvrait sans relâche, obscurément. Parfois, sortie de nulle part, on croyait entendre une voix ou était-ce un cri étouffé, le son d'un animal blessé dans les fourrés ? Puisant dans nos dernières forces, nous bondissions aussitôt, tels deux diables hirsutes. Se servant de nos mains en guise de porte-voix, nous appelions encore et encore. Nous lancions son nom dans cette terrible nuit de lune et d'eau et rien ne nous répondait. Tout autour de nous, cela frémissait, de brusques mouvements dans les ravins nous faisaient sursauter. Fallait-il rester ici à attendre ou repartir ? On décida de se séparer, Jean reprit le chemin en aval.

Une lune énorme éclairait à présent la rive d'en face. Je me dis bizarrement qu'elle s'y trouvait et qu'elle errait là-bas depuis des heures, nous épiant à travers le fouillis des branchages. Elle devait avancer comme une somnambule hagarde, se cognant aux arbres. J'entendais dans la rivière des éboulis, des chutes brutales, qui me terrorisaient. Mais c'était toujours la Garonne qui s'enfuyait. Elle ne nous rendait rien.

Lorsque le premier rai de lumière, couleur rouille, brunit à l'horizon, je regardai le pic du Gar. Jean revint bredouille. Il avait les yeux rouges, il tremblait. Il décréta qu'il fallait prévenir ses parents. Quelle heure pouvait-il bien être ? Quatre, cinq heures du matin. Je n'avais jamais vu leur mère mais la perspective de voir

Gesse dans ces circonstances avait quelque chose d'effrayant. Nous traversâmes le champ comme deux condamnés. J'attendais mon ami dehors, adossé à la voiture déglinguée tandis qu'il montait au premier étage de la ferme. Une lumière s'alluma. J'ignorais quelle serait la réaction de cet homme impulsif, capable de rameuter en sifflant ses bêtes, un kilomètre à la ronde. La colère, la violence ? Naïvement, je me dis qu'il pourrait appeler Geneviève de sa voix de stentor qui faisait vibrer les sous-bois et qu'on la verrait miraculeusement marcher vers nous, comme si tout cela n'avait été qu'un mauvais rêve, dissipé par les premières lueurs de l'aube. Jean resta longtemps dans la ferme. Puis il ressortit avec son père, celui-ci avançait tête basse, sans béret. Il semblait avoir vieilli d'un coup. Lorsqu'il me vit, il s'approcha de moi, me reconnaissant vaguement, comme si j'allais lui donner de ses nouvelles. Répondant par la négative à toutes ses questions, je balbutiais d'inutiles détails.

Ils me firent monter avec eux et nous avons roulé sans un mot jusqu'à la gendarmerie pour faire notre déposition dans un bureau éclairé par des néons grésillants. Des recherches furent menées toute la journée. On entendait parfois une voiture de pompiers débouler. Ma mère appela le lendemain pour savoir ce qui s'était passé, elle avait entendu un flash d'informations à la radio. Je fus incapable de lui donner la moindre explication. Je ne savais pas ce que Jean et ses parents s'étaient dit à la ferme.

Lors de notre déposition aux gendarmes, Jean et moi passâmes sous silence notre présence au château et la dispute qui s'ensuivit. On déclara que Geneviève avait disparu, nous ne l'avions pas vue depuis 21 heures ; ce fut notre version. Nous ne savions pas encore que partager un tel secret pèserait à jamais sur nos vies.

Après notre déposition, Jean repartit avec son père, nous ne nous sommes pas même regardés.

Je me retrouvai au petit matin devant la maison, sans rien comprendre. Je m'écroulai dans ma chambre, tout habillé, et dormis quelques mauvaises heures. À mon réveil, j'emballai précipitamment mes affaires. À onze heures du matin, j'étais prêt pour le train qui partait le soir même. Une des plus longues après-midi de mon existence débuta alors. Montant, descendant d'un étage à l'autre, pour vérifier que tout était bien fermé, le tuyau d'arrivée de gaz, les volets, le compteur électrique, etc. Je m'accrochais à la liste de recommandations que Granny avait déposée sur le buffet, comme s'il y allait de mon équilibre psychique. Il faisait beau. J'étais incapable de quoi que ce soit, tout ce que j'avais connu avait été emporté par les événements de la nuit. Je voulais fuir, seulement fuir.

Je restai dans le noir pendant une heure encore. Lorsque la fin de journée arriva enfin, je déguerpis. Fermant la porte d'entrée à double tour, je me rendis avec trois heures d'avance à la gare. Sur la route, monsieur Argelosse ne parlait que de ça, relayant ce qu'il avait lu dans la presse et entendu à la télévision régionale. Je répondis en marmonnant, la mâchoire crispée.

Le train-couchette arriva. Épuisé, je grimpai mécaniquement, la tête vide. Les voyageurs dormaient, cela me rassura. Allongé sur la banquette du haut, je fermai les yeux pour tout oublier et je revis aussitôt ses doigts enlacés aux miens dans ce jardin qui sentait le laurier et la sauge.

Geneviève fut officiellement portée disparue les jours suivants. Les recherches continuèrent sans doute. Depuis Paris, il n'était guère commode d'apprendre quelque chose. Je cessai peu à peu de consulter fébrilement les entrefilets de la presse nationale, finissant par me dire que ce drame confiné dans un minuscule village ne pouvait arriver jusqu'ici, comme si la distance géographique me protégeait. Je ne parlai à personne de ce qui s'était passé, restant évasif quand le chapitre des vacances d'été était abordé dans la cour, les premiers jours de la rentrée. Je me contentais d'écouter sans broncher le récit de mes camarades de classe.

À la maison, il y avait ce qu'on appelait alors un « mange-disque », un boîtier orange dans lequel mes sœurs passaient régulièrement des 45 tours. On avait droit à tous les slows fatals de l'époque, *Only You*, *Yesterday*, *Angie* ; elles écoutaient également *L'Été indien* de Joe Dassin.

Sur la face B, celle où étaient remisés des morceaux moins connus, plus difficiles, j'entendis la reprise d'une chanson américaine de Bobbie Gentrie, *Ode to Billie Joe*. Une famille revenait des champs de coton, le père évoquait la mort d'un jeune garçon, Joe, un peu simple d'esprit, qui s'était précipité dans la rivière Tallahatchie du Mississipi. Dans la version française de Joe Dassin, Marie-Jeanne s'était jetée du pont de la Garonne, comme le disait le refrain.

Il y avait un beau soleil ce lundi matin, éclatant sur fond de ciel bleu. Avec un peu d'appréhension, de soulagement aussi, je me rendis à ce rendez-vous étrange. Je pris le chemin de Ladivert conduisant à la brèche romaine. L'extraction de la roche menée à l'époque avait fendu la pierre et laissé très apparentes de larges veines blanchâtres.

Il était là, simplement. En le voyant assis devant une table de marbre, je nous imaginais des années plus tôt, toujours à l'affût de lieux nouveaux pour nos jeux. Jean portait à présent une barbe noire assez fournie, deux larges rides encadraient sa bouche. On aurait dit un ours des montagnes, massif, lui qui était plutôt sec et nerveux. Il avait toujours la chevelure en pagaille du jeune homme de quinze ans. On se serra la main chaleureusement mais sans effusion excessive. Il y aurait toujours entre nous un cri perdu dans la nuit.

« Merci d'avoir fait tout ce chemin. » Je dis seulement : « C'est étrange d'être là… » Il acquiesça d'un air grave. Je compris que lui non plus n'était pas venu depuis longtemps. « Viens, il faut que je te montre quelque chose. » On prit place dans sa voiture. Il mit son clignotant et en vingt minutes nous fûmes à Géry. Il se gara au bout du chemin, près des pédalos en plastique toujours alignés, immobiles. Certains étaient d'un jaune vif pétant. Une grande buvette avait été aménagée, des touristes anglais et hollandais prenaient tranquillement le soleil. Sur un parasol, un autocollant annonçait : « Free Wifi ».

Il me fit signe de le suivre. Je savais où il m'emmenait. N'étais-je pas revenu aussi pour cela ? Je lui emboîtai le pas et lorsque j'entendis l'eau s'écouler à quelques mètres, je fus presque content de me retrouver dans notre ancienne cachette. Au cœur des choses et des mystères intacts de l'été. Tout me semblait plus paisible à présent que nous étions réunis, même si ce n'était que quelques heures. On marcha, comme on l'avait si souvent fait, sur la bordure de galets humides de la petite plage. Le soleil donnait à chaque élément un éclat minéral, un air d'éternité. La surface de l'eau ondoyante brillait tel un miroir ardent.

On sourit en découvrant qu'un petit pont de bois avait été construit, doté de cordes tressées en guise de rambarde. Il reliait notre rive à celle d'en face, par-dessus la rivière mouvementée. Il rigola : « Quand je pense à tous nos efforts ! » Ces efforts aberrants, cet héroïsme de Sisyphe de notre jeunesse. Nous regardions avec trente ans de distance les gamins un peu fous que nous avions été, luttant pour charrier ici d'énormes morceaux de bois flottant et aménager un pont de bric et de broc qui ne tenait jamais. Puis il sortit quelque chose de sa poche, roulé en tube. Mon cœur se mit à battre à tout rompre. Je le reconnus aussitôt, le cahier de Geneviève. Un cahier Clairefontaine de petit format. La couverture bleue était tachée par l'humidité. Il me fit signe de m'asseoir sur un rocher près d'un arbre.

« Tu te souviens de cette maison en ruine, on l'a dépassée tout à l'heure ? il ajouta, à voix basse, évitant de prononcer son nom – peut-on nommer un fantôme ? – celle où elle voulait qu'on aille goûter un jour. » Je le regardais doucement, avec toute la tendresse d'une vieille amitié. Je n'avais évidemment rien oublié. Les moindres détails de cet été étaient pris dans ma mémoire comme des insectes frêles, dotés de longues pattes et d'antennes minuscules, dans un gros bloc d'ambre jaune. « En revenant ici pour mettre en vente la ferme de mon père, je n'ai pas résisté à l'envie de faire un tour dans notre coin. En passant devant cette maison branlante, enfin ce qu'il en reste, j'ai poussé la porte d'entrée. Il y avait un sommier en métal, un évier plein de poussière. Et ce cahier sur une table. »

Il le mit entre mes mains. C'était comme tenir un morceau de temps pur.

Il m'encouragea du regard. N'ayant jamais vu son écriture, je me demandais à quoi elle pouvait ressembler. À cette époque, nous étions censés faire nos « devoirs de vacances » sur des cahiers à peu près semblables à celui-ci. Ma mère ne nous embêtait pas avec les mots croisés sur les prépositions, les charades plus instructives qu'amusantes, les tests de connaissance historique. Je remplissais une page, mes sœurs deux peut-être, et les cahiers dormaient sur un recoin de table, comme ces cartes postales que ma mère achetait et qu'elle n'envoyait jamais. Mais un journal de jeune fille… J'imaginais des pensées naïves, des bluettes risibles, de petits cœurs, des fleurs dessinées ici et là. Presque intimidé, car je ne reconnaissais pas Geneviève dans ces clichés sur l'adolescence, je l'ouvris et découvris, à ma grande surprise, un carnet de dessins, sans un seul mot. Des dessins qui enjambaient allègrement les lignes d'écriture imprimées, les franchissant comme des cabris un obstacle. Me revinrent alors à l'esprit ses moments d'absence où elle nous regardait de biais, en ayant l'air d'écrire. Nous étions ses modèles sans le savoir. Ce cahier secret bruissait de sensations lointaines. Je vis des fleurs dessinées, des fougères crayonnées, des esquisses d'arbres et de racines ; le profil du château se répétait sur plusieurs pages. Geneviève avait un vrai coup de crayon. Une manière inimitable de croquer un détail, de le faire tenir sur la feuille. Puis on arrivait à une série de portraits. Je nous reconnaissais à nos attitudes, Jean et moi, en train de faire les quatre cents coups. Jean se leva discrètement et s'éloigna au bord de l'eau, en tapotant des galets.

Dans les dernières pages, un dos et une nuque saisis sur le vif me firent presque sursauter. Je n'en revenais pas de découvrir cela après toutes ces années d'interrogations, de vide et d'aventures amoureuses souvent vaines. Ainsi, tandis que je pédalais, en me posant mille questions, ce jour-là, elle m'avait croqué rapidement, assise de guingois sur le porte-bagages. C'était aussi espiègle qu'émouvant. D'autres pages étaient couvertes de croquis nerveux. On aurait dit que sa main preste essayait de retenir une forme, de peur qu'elle s'évanouisse à jamais. Ils étaient faits au stylo-bille bleu d'écolier, celui qu'elle glissait dans ses cheveux. Sur l'une des dernières pages, je reconnus le visage que ces esquisses avaient approché, le mien, assez nettement. Je me tenais de trois quarts, l'air rêveur ; j'aurais été incapable de dire à quelle situation correspondait ce dessin – si elle était réelle ou inventée.

Une phrase lue chez un poète allemand, Goethe je crois, me revint à l'esprit : « Ce que je n'ai pas dessiné, je ne l'ai pas vu. » J'apparaissais des années après sous ses yeux. Sans que nul mot ne soit nécessaire, je découvrais ses émotions dont j'avais tant de fois douté. Elle était comme ces étoiles dont l'éclat nous parvint longtemps après leur mort. Elle avait signé ce seul portrait entier de ses initiales au bas de la feuille. L'avait-elle réalisé avant ou après notre matinée dans le jardin du château ? Ce visage de ma jeunesse surgissait d'outre-tombe, je devinais le tremblement de ses doigts, la spontanéité de son désir, son visage penché sur la feuille. Que faisait son cahier dans cette maison abandonnée ? L'avait-elle simplement égaré ou laissé derrière elle comme un indice dissimulé ?

Jean s'approcha et me tapota doucement l'épaule : « Tu peux le garder si tu veux. » J'hésitai mais y avait-il vraiment à hésiter ? C'était la réincarnation précieuse d'un amour intense, fugace, le plus pur.

J'avais fait un long voyage pendant toutes ces années, sans le savoir, pour me retrouver ici où tout avait commencé. Je repensais à ce héros grec parti vivre mille aventures avant de revenir dans sa patrie d'autant plus précieuse qu'il avait cru la perdre.

Nous n'avions jamais trouvé d'or dans la rivière, seulement quelques caillasses noires, mordorées, dont l'éclat ternissait lorsqu'elles étaient hors de l'eau. Maintenant, je le tenais et c'était l'or du temps.

Collection *La rencontre*

Serge Airoldi, *Rose Hanoï. Rencontres avec la couleur*, 2017
(prix Henri de Régnier de l'Académie française 2017)

Jean-Christophe Bailly, *Café Neon et autres îles. Chemins grecs*, 2021

Dominique Barbéris, *Un dimanche à Ville-d'Avray*, 2019
(deuxième sélection du prix Goncourt 2019, finaliste du prix Femina 2019)

Olivier Baumont, *Tombeau du jeune monsieur de Cinq-Mars*, 2021

Antoine Billot, *L'Année prochaine à New York. Dylan avant Dylan*, 2017

Philippe Bonnin, *Katsura et ses jardins. Un mythe de l'architecture japonaise*, 2019

Thierry Clermont, *La Balade de Galway*, 2021

Collectif, *La littérature est une rencontre*, 2016

Michel Crépu, *Beckett, 29 juillet 1982, 11 h 30*, 2019

Christian Doumet, *L'Évanouissement du témoin*, 2019

Hervé Dumez, *Incertain Paul Valéry*, 2016

Christophe Etemadzadeh, *La Vie sans savoir*, 2021

Élisabeth Foch-Eyssette, *On ne peut pas toujours voyager mais on ne peut pas toujours rester au même endroit*, 2018

Stéphane Lambert,
Avant Godot, 2016
(prix Roland de Jouvenel de l'Académie française 2017)

Fraternelle Mélancolie.
Melville et Hawthorne, 2018

Visions de Goya.
L'éclat dans le désastre, 2019
(prix André Malraux 2019)

Gérard Macé, *Le Navire Arthur et autres essais*, 2020.

Brice Matthieussent,
Les Jours noirs, 2019

Amérique fantôme, 2021

Akira Mizubayashi, *Dans les eaux profondes.*
Le bain japonais, 2018

Sébastien Ortiz, *Dans un temple Zen,*
Rencontre avec Guillaume Apollinaire, 2017

Benjamin Pelletier, *Les Années discrètes.*
Territoires de l'enfance, 2018

Marc Petitjean,
Le Cœur.
Frida Kahlo à Paris, 2018

L'Ami japonais.
Kunihiko Moriguchi, Trésor vivant et peintre de kimonos, 2020

Olivier Rasimi, *Cocteau sur le rivage*, 2019

Patrick Roegiers, *Éloge du génie.*
Vilhelm Hammershøi, Glenn Gould, Thomas Bernhard, 2019

Gemma Salem, *Où sont ceux que ton cœur aime*, 2019

Olivier Schefer,
Un seul souvenir, 2016

Une tache d'encre, 2017

Conversations silencieuses.
L'art, la beauté et le chagrin, 2019

Bruno Smolarz, *Giorgio Morandi, les jours et les heures*, 2016

Brina Svit, *Le Dieu des obstacles*, 2021

François Warin, *Au commencement la beauté*, 2020

Natacha Wolinski, *Son éclat seul me reste*, 2020

ACHEVÉ D'IMPRIMER
DANS LA NUIT SOUVERAINE
EN FÉVRIER 2021
SUR LES PRESSES DE
CORLET IMPRIMEUR
À CONDÉ-EN-NORMANDIE
CALVADOS

PEFC
10-31-1510
Certifié PEFC
Ce produit est issu
de forêts gérées
durablement et de
sources contrôlées.
pefc-france.org

Numéro d'édition : 1257
Numéro d'impression : 21020067
Dépôt légal : mars 2021
Imprimé en France